真の仲間じゃないと勇者のパーティーを追い出されたので、辺境でスローライフすることにしました13

Banished from the brave man's group, I decided to lead a slow life in the back country.13

ざっぽん
illust.やすも

CONTENTS

Illustration：やすも
Design Work：伸童舎

真の仲間じゃないと勇者のパーティーを追い出されたので、辺境でスローライフすることにしました13

ざっぽん

角川スニーカー文庫

23834

CHARACTER

レッド（ギデオン・ラグナソン）

勇者パーティーを追い出されたので、辺境でスローライフをすることに。数多くの武功をあげており、ルーティを除けば人類最強クラスの剣士。

リット（リーズレット・オブ・ロガーヴィア）

ロガーヴィア公国のお姫様にして、元英雄的冒険者。愛する人との暮らしを楽しむ幸せ一杯なツン期の終わった元ツンデレ。

ルーティ・ラグナソン

神に選ばれた『勇者』と心から生じた『シン』の2つの加護を持つ少女。人間性を取り戻し成長している。

ティセ・ガーランド

『アサシン』の加護を持つ少女。暗殺者ギルドの精鋭暗殺者だが今は休業してルーティと薬草農園を開業中。

ヤランドララ

植物を操る『木の歌い手』のハイエルフ。好奇心旺盛で、彼女の長い人生は数え切れない冒険で彩られている。

うげうげさん

ティセの相棒の蜘蛛。一匹で行動することもあるようで、最近は冒険者ギルドで見かけるようだが……？

タラスクン

世界を侵略してきた加護を持たない魔王。魔王軍が壊滅し、魔王としての計画が破綻してしまい、ついにアスラの勇者としてアヴァロン大陸へ向かう。

ビュウイ・オブ・マウデスター（シサンダン）

かつてレッド達を追い詰めながら敗北したアスラの将軍。タラスクンの忠実な側近として再びアヴァロン大陸へ渡ってきた。

プロローグ
ハッピーエンド

暗黒大陸を支配する魔王軍が人類の住むアヴァロン大陸に侵攻を開始してから6年。

大陸中を巻き込み長きにわたった戦争もついに決着の時を迎えようとしていた。

「城門陥落！」

「城内の兵は我らで止めるぞ！　勇者様の道を切り開け！」

勇者ヴァンに率いられた連合軍は、魔王軍に支配された旧フランベルク王国の王城に突入していた。

ヴァンとエスタを先頭に、鎖付きの鉄球を振り回すグレーターヘルデーモン達を斬り伏せ王座の間への扉を開ける。

「よくここまでたどり着いたな、勇者よ」

ヴァン達の前に立ちふさがるのは三面六臂《さんめんろっぴ》のアスラ。

「余は唯一天将軍ヴァジュラ！　貴様らの終焉《しゅうえん》である！」

「フン！　ここまで追い詰められているのに凄《すご》んだってカッコつかないわよ！」

ヴァンの肩の上でラベンダが言い返す。

ヴァンは剣の切っ先をヴァジュラに向けた。

「港の船はすべてサリウス王子の海軍とアルベールの部隊が焼き払ったよ、もうどこにも逃げ場はない」

エスタとリュブもヴァンに並んで前に出た。

「ここで時間を稼いで残った兵力を逃がすつもりだったのだろうが、当てが外れたね」

「アスラデーモンは殺されても蘇《よみがえ》るという情報も摑《つか》んでいるぞ、しかし教会の異端審問官達は殺さず捕らえることに長《た》けているのでな」

２人の言葉を受け、ヴァジュラは僅かな時間だが沈黙した。

やがてゆっくりと口を開く。

「……なるほど、だが余は魔王軍の大権を預かりし唯一天将軍。すなわち余が健在ならば魔王軍も健在なり！」

最後の将軍は６本の魔剣を構えた。

どれも暗黒大陸に伝わるアーティファクトであり、ヴァンの持っている聖剣に勝るとも劣らないものだった。

「戦火に苦しむ人々を救うため、勇者が悪を討つ！　勝負だ、唯一天将軍ヴァジュラ！」

魔王軍最強の将軍に対し、ヴァンは毅然《きぜん》と言い放つ。

ヴァンは亡国の王子。

この城こそヴァンの父親であるフランベルク王の城であり、ヴァジュラは父の仇《かたき》である。

ヴァンを支える仲間は枢《すう》機《き》卿《きょう》リュブ、仮面の騎士エスタ、妖精ラベンダ。

アヴァロン大陸の歴史書に刻まれる伝説の戦いだった。

そして、人類は勝利したのだ。

第一章

秋の思い出が足りない

連合軍の勝利。

輝かしいニュースはまたたく間に大陸中へと広まっていった。

だがゾルタンは街道の端っこにある辺境。

アヴァロニア王都には1週間でたどり着いたこのニュースも、このゾルタンにはまだ届いていない。

「ふわぁ」

あくびをしながら店の外に出てきたリットは、すっかり秋の色となったゾルタンの景色を眺めた。

「肌寒くなってきたわね、そろそろ冬物を出さないと」

長い夏が終わって迎えるゾルタンの秋は短い。

「何か秋らしいことしたいなんて思っていたらすぐに冬になるんだから……うーん、なんだか勿体《もったい》ない」

木の上から黄色に染まった葉がひらひらと落ちてきた。
その光景にリットはますます秋の終わりを感じた。
「そうだ！」
リットは何か思いついた顔で店の中へと戻っていく。
開店前に店の前の落ち葉を掃除に来たことも後回しだ。
世界が平和になった後も、ゾルタンの人々は変わらない日々を送っていた。

＊　＊　＊

レッド&リット薬草店の朝は早い……ゾルタンの基準では。
俺はまだ朝日が昇り切る前から起き出し作業室で薬の準備をしていた。
「ピィ、ピロロ、キィィィ！」
窓から朝鳥の元気な声が聞こえてきた。
秋に鳴く朝鳥は独特のリズムと鳴き声をしている。
あれは北から渡ってきた鳥だ。
ゾルタンではピロピロ鳥と呼ばれている。
そんなにピロピロとは鳴いていないだろうと思って、友達のゴンズからよくよく話を聞いてみると、別のピロピロと鳴く鳥と混同してこう呼ぶようになったらしい。

ゾルタンはいい加減なところだ。

「ピィ、ピロロ、キィィィ！」

また鳴いたな……よし。

「ぴぃ、ぴろろ、きぃぃぃ」

なんとなく俺も真似《まね》をしてみた。

「キィィィ!!」

返ってきたのは甲高い鳴き声。

怒っているっぽいな……あんまり似てなかったか？

「ふふっ」

別の声がした。

振り返ると部屋の入口に立つリットが口に手を当て笑うのをこらえている。

「い、いや、今のは……」

「私もやってみようかな」

リットは窓際まで歩くと、指を頬に引っ掛けた。

「ピィ、ピロロ、キィィィ！」

「上手《うま》いな」

驚いた。

「ピイ、ピロロ、キィィィ！」

「ピィ、ピロロ、キィィィ！」

リットの鳴らす声に応じて、ピロピロ鳥も鳴き声を返す。

「完全に仲間だと思っているようだ」

「子供の頃によくやったけど覚えているものね！」

「この鳥はロガーヴィアにも生息しているのか」

「ええ、ロガーヴィアでは夏の鳥として親しまれてるわ」

北から渡ってきた鳥だとは聞いていたが、まさか遥《はる》か遠いロガーヴィアのあたりから飛んできていたとは。

「今の鳴き声はパートナーを探す声よ」

「へぇ、よく知っているな」

「ロガーヴィアでは親しまれている鳥なのよ。あの鳥の産卵期は夏なんだけど、北と南を渡る時にはパートナーを必要とするの。北から南へは家族一緒に飛んで、南の地で子供は独り立ち。そして南から北へ戻る前に子供達は自分のパートナーを見つけるのよ」

リットは詳しく教えてくれた。

俺が暮らしていた王都でピロピロ鳥は、渡る途中に羽を休める短い間くらいしか見られ

ない。

ルーティの力になるため色々と勉強してきた俺だが、身近な渡り鳥のことすら知らなかった。

リットから教えてもらうことは多いな。

「ちなみにゾルタンではピロピロ鳥なんて呼ばれているけど、ロガーヴィアでは何て名前なんだ？」

「ピロピロ鳥⁉　なにそれ！」

リットは首のバンダナで口元を隠し、面白そうに笑っている。

「ロガーヴィアでは蜜月鳥《ハニームーンバード》。遠く離れた南の国からパートナーと寄り添って旅をするところからそう呼ばれているの」

「ロマンチックだな」

「ロガーヴィア公国は軍事国家として知られているけど、こういうところもあるのよ」

ロガーヴィアでは結婚した夫婦は蜂蜜酒《ミード》を飲みながら1ヶ月ほど仕事を休んで2人で過ごすという習慣がある。

遠い空からたどり着き寄り添う鳥を見て、ロガーヴィア人は理想の夫婦の姿を想像したのだろう。

アヴァロン大陸北方に君臨する雪と鉄の大国ロガーヴィア。

軍人文化を尊ぶ国だが、こうしたロマンチックな部分もあるようだ。

「それにしてもピロピロ鳥って、ふふっ……まさかそんな名前で呼ばれているなんて」

「ロガーヴィア人とゾルタン人の考え方の違いはすごいな」

「本当面白い！」

リットはまた笑った。

赤いバンダナの隙間から白い歯が覗《のぞ》く。

「そうだレッド！」

リットは手を叩《たた》いて言った。

ピロピロ鳥は驚いて逃げてしまった。

「今年の収穫祭なんだけどさ」

「ああ、来週開催する予定だな、ゴンズがはしゃいでいたよ」

仕事をサボるのが大好きなゾルタン人にとって祭りは良い口実だ。

それだけに楽しい祭りになるよう騒ぐ。

アヴァロニア王都の祭りのような伝統と格式のあるものではないが、楽しさだったら負けてないと思う。

収穫祭では、北区や近隣の農村から農家が集まり作物を展示販売したり、作物を加工した商品の出店が並んだりする。

運営は北区の農家と冒険者ギルドが中心だ。

なので、俺の住んでいる下町の住民達は客として参加する者が多いが……。

「レッド&リット薬草店も何か展示販売しようよ！」

リットは目を輝かせてそう言った。

＊　　　＊　　　＊

「急に展示販売って言われてもな」

場所を変え、俺とリットは店のカウンターに並んで話を続けていた。

今日は客の少ない日だ。

去年は開店したばかりで、客が来ない日は焦りがあったが今は余裕がある。

薬屋というのは需要に波があるのだ。

1年経《た》てばのんびり話せるタイミングというのも分かってくる。

「私達夏は海を楽しんだじゃない？」

「ああ、今年は島に行ったり、海に潜ったりして楽しかったな」

「私も楽しかった！　でもね」

リットはビシッと指を立てた。

「秋は全然楽しんでない！」

「あー、ゾルタンの秋は仕事をしていたらいつの間にか終わっているな」

去年もビッグホークの起こした騒動に関わっていたらいつの間にか終わっていた。

「そろそろ冬支度しないとな」

「冬への備えも大切だけど、今は目の前の秋でしょ！」

「それで収穫祭で出店をやるのか」

「そう！　レッドの薬って日用品として使えるものも多いじゃない？　常連さんは皆知っているだろうけど、この間の一周年記念で作った髪の薬とかもっと多くの人に知ってもらってもいいと思うわ」

リットが燃えている。

そこまで言うのなら、俺も頑張らないとな！

「よし収穫祭の出店、頑張ってみるか！」

「やったー！」

秋の祭りに参加する。

たしかに秋らしいことかもしれない。

「とはいえ収穫祭は来週なのにノープランだ……リットは何か計画はあるか？」

「基本は薬を並べるつもりなのだけど、それだけじゃ物足りないわよね」

「薬の出店じゃ、祭りで浮かれている人々の足は止まらなそうだな」

祭りで提供される騒がしさに対し、飾りっ気の無い小瓶に入った薬はあまりに静かすぎる。

「それに薬の新商品は時間的に難しいな」

俺の知識とスキルで作れる商品になりそうな薬はもう全部店に並べている。

今ある薬の改良や、別の用途のために調整するといったこともこの短期間でどうこうするのは難しい。

「そこでリットちゃんに良い考えがあります」

リットが腰に手を当てドヤ顔をしている。

「良い考え？」

「うん、聞きたい？」

リットはわざともったいぶっている……たまにこういうところがあるんだよな。

可愛《かわい》い。

「ああ、聞かせて欲しい」

俺の言葉を聞いてリットはニヤリと笑った。

そしておもむろに懐からメガネを取り出しかける。

あれはウィザーズゴーグルというマジックアイテムだ。

魔法で透明になったモンスターを見つけるという効果だが……多分、雰囲気作りのためにアイテムボックスの奥から引っ張り出してきたんだろう。

今の役割はただの伊達《だて》メガネだ。

「レッドの薬は安くて効果抜群、試してくれた人達からは皆好評だったよね」

「うん、嬉《うれ》しいことだな」

俺の加護は勇者を導く『導き手』で、薬の専門家ではない。

調合することのできる薬はコモンスキルだけで対応できるものだけだ。

「でも試してもらえないとレッドの薬の魅力は伝わらない！」

「それはそうだ」

「そこで今回注目するのはこの容器よ！」

リットは薬の入っている容器を取り出し見せつけるように掲げた。

「この容器のデザインを可愛くするの！」

「なるほど」

見た目にこだわる。

「いい考えかもしれない」

俺はやらなかったが、騎士の中にも鎧兜《よろいかぶと》のデザインにこだわって敵を畏縮させることを狙う者もいる。

竜を模したドラゴンメイルとか人気があったな。

ただ細工にはものすごいお金がかかるし、手入れも大変になるし、防具としての性能が下がることもある。

特に俺は兜を重くするのが嫌だったし、〝雷光の如き脚〟を活《い》かすために軽装を好んでいた。

防具は実用性重視で見栄《みばえ》は職人任せ。

要するにだ、俺はこういうデザインにこだわるという発想も知識も無かった。

「俺はこういうの分からないんだけど、リットは分かるのか？」

「私は城を抜け出して町で冒険者をしていた不良お姫様よ。王宮で学んだ芸術の知識と町の商人から学んだ商業の知識、どっちもばっちり！」

リットは胸を張って言った。

「さすが、俺のリットは頼りになるな」

「えへへ、いつもはレッドが作ったモノに私が意見を言う感じだけど今回は逆だね」

俺とリットは、全く違う人生を歩んできた。

だからこそリットの意見は頼りになるし、事実レッド&リット薬草店の経営がここまで安定したのはリットがいてくれたからだと断言できる。

だが習得しているスキルの関係上、意見を取り入れ実際に何かを作るのは俺の役割だった。

「なんだかワクワクするな」

薬屋の店主としてやれることはまだまだある。

それがリットと一緒だからこそできることなら、なお楽しい。

「それじゃあこれから何をすれば……」

俺の言葉が終わらないうちに扉が開いた。

「お兄ちゃん」

「レッド殿」

やってきたのは俺の妹である元勇者ルーティと、今年の夏にゾルタンへ引っ越してきた魔王の娘薬牡丹《はぼたん》だった。

「いらっしゃい、朝食は済ませたか？」

俺は薬牡丹に向けて問いかけた。

ルーティはこの時間に来る時は朝食を済ませている。

「はい、今朝はナスで煮た豆をいただきました」

「ほぉ」

作ったことのない料理だ。

話を聞く限り、ナスをペースト状にしたソースで豆を煮るようだ。

味付けは葉牡丹に聞いても分からなかった。

暗黒大陸で暮らしていた時は食事がおざなりだったようで、葉牡丹は食事についての知識が乏しい。

なので、ゾルタンで食べる料理が新鮮で、とても良いリアクションをしてくれる。

そんな葉牡丹だからゾルタンの料理人からとても人気があるようだ。

葉牡丹が滞在している家には、ゾルタンの料理人が時折やってきては得意料理を振る舞っていた。

「今朝はどこの店の料理人が来たんだろうな……気になる」

「帰りに聞いてみる、今度一緒に食べに行こう」

ルーティが身を乗り出して言った。

うん、それは良い考えだ。

「楽しみ」

「楽しみだな」

俺とルーティは一緒になって笑った。

＊

＊

＊

店のカウンターに並び、俺達はハーブティーを飲みながらまったりと過ごしている。

「葉牡丹もゾルタンの暮らしが馴染《なじ》んできたな」

「そうでしょうか？」

「前なら特に用事もないのに俺の店に来るなんて考えなかっただろう？」

「そういえば！」

葉牡丹は目を丸くして驚いている。

あまりに素直な反応に、俺とリットは思わず笑ってしまった。

「最近はどう過ごしているんだ？」

「ゾルタンの近くで加護レベルを上げることを続けています」

「1人でか？」

「いいえ、ルーティ殿がお暇な時は一緒に行ってくれますし、それに拙者も冒険者の仲間ができました」

「冒険者の仲間？」

思わず聞き返してしまった。

葉牡丹は魔王の娘。

特別な加護とスキルを持っている。

戦闘スタイルも手裏剣や短刀を使った戦いもするが素手……というより獣のように爪を

使う人間離れした戦い方が一番実力を発揮できるようだ。

それに魔法を無効化するスキルもある。あれは普通の加護では使えないスキルだ……ルーティも似たようなスキルを持っているが。

「ゾルタンの冒険者が葉牡丹の戦い方から加護を特定するのはありえそうにもないが、特殊な加護だと怪しまれるかもしれないぞ？　信用できる冒険者なのか？」

「その点は大丈夫です、ご安心ください！」

葉牡丹は間違いないと胸を張っている。

うーん、不安だ。

俺はルーティに視線を向けるが。

「私も会ったこと無い」

「そうなのか」

「申し訳ありません、拙者の仲間はルーティ殿が苦手なようでして……」

「ますます怪しいな！」

だんだん笑ってられなくなってきたぞ。

葉牡丹はお世辞にも世間慣れしているとは言えない。

その疑うことを知らなそうな顔を見ていると不安が抑えられなくなってくる。

「虎姫はその冒険者のことを知っているのか？」

「はい、彼なら大丈夫だと太鼓判を頂きました！」

虎姫が確認しているなら大丈夫か……。

「だが心配だな」

「とても良い方なんですよ？」

「それじゃあ今度うちに連れてきてくれ、一緒に食事でもしよう」

「良いんですか!?　フランク殿もきっと喜びます！」

フランクという名前なのか。

珍しい名前ではないが、そんな名前の冒険者いたかな？

リットもルーティも分からないと首を横に振っている。

……怪しい。

「まぁそのフランクさんのことは会ってからのお楽しみとするか」

今ここで考えても仕方がない。

葉牡丹を狙う魔王軍の手先……なんて可能性はないだろう。

ルーティやティセの目を掻《か》い潜《くぐ》れるとは思えないし、冒険者として近づくような回りくどいことをするよりさっさと暗殺した方が早い。

というわけで今は気楽に雑談を続けよう。

「そうだ、来週は収穫祭があるんだ。加護レベル上げも大事だが、せっかくゾルタンに滞在しているんだから、祭りの日はオフにするのはどうだ？」

「あっ、収穫祭ならフランク殿から聞きました。拙者も屋台を引くつもりです」

「「え？」」

俺とリットは驚いて声を上げた。

「葉牡丹も収穫祭でお店を出すのか？」

「はい！　ヒスイ王国で手に入れた小物や忍具を並べようと思っています」

「売って良いのかそれ？」

もしかして、お金が無いんだろうか？

だが葉牡丹達はヒスイ王国の要人として扱われているし、生活するのに十分な銀貨は提供されていそうだが。

「こちらのお金でしたら、虎姫様が魔王城から持ち出した秘宝をヒスイ王国で処分して100年遊んで暮らせるくらいあるそうです」

「それは羨ましい……でもならどうしてお店を？」

「社会勉強というものだそうです」

予想外に真っ当な答えだった。

「虎姫も色々考えているんだな」

「はい、虎姫様は本当にお優しい方です！」

魔王軍元四天王がすっかり保護者だ。

虎姫は葉牡丹と一緒に暮らしながらリハビリを続けている。

魔王軍との戦いの後、虎姫は無理をしすぎたことで長期的な療養が必要なほど衰えてしまった。

ゾルタンに来るのに死にかけていたほど消耗していたのに、それから数日後に魔力全消費のデモンズフレアを使った上で新四天王２体の魂を封印したのだから、仕方のない代償ではある。

魔王軍が再び葉牡丹の前に現れる前に力を取り戻したいのだろうが……デーモンの体のことは俺にもよく分からないしどうなるか……。

「それにしても奇遇だな、俺とリットも収穫祭に店を出そうと思っていたんだ」

「お二人もですか！」

「俺達は秋らしいことをしようと思い立ってね」

「どんなものを売るの？」

横で聞いていたルーティがそう言った。

その目には興味の色が見える。

「今朝思いついたばかりでまだ検討中なんだけど、薬の入れ物に秋らしさを取り入れてお洒落《しゃれ》にしようと思っているの」

リットが言った。

俺との話が中断してしまったので聞きそびれていたが、デザインの方向性も考えていたのか。

薬の容器に季節感を取り入れるか……季節の変わり目で古くなった使い残しの薬を買い替える切っ掛けにもなりそうだ。

良いアイディアな気がする。

「とても奇遇」

ルーティが「おー」という表情をしている。

あれは、とても驚いている表情だ。

「私とティセも収穫祭にお店を出すつもりだった」

「ルーティ殿も!?」

今度は葉牡丹が驚いて声を上げた。

「私達の薬草農園はお医者さんと商人ギルドしか顧客がいない、収支も赤字、頭を抱えている」

ルーティは両手で頭を抱える仕草をしている。

不憫《ふびん》だが、可愛《かわい》い。

「薬草の需要は限定的だもんなぁ」

薬草は主に薬の材料に使われる。

診療所のない小さな村なら、毒消しなど最低限の薬の作り方くらいはどの家庭でも知っているものだが、ゾルタンなら薬草のまま買うより薬を買った方がいい。

また薬草も一種類を大量に買うより、様々な薬草を少量ずつ買うケースがほとんどだ。

ゾルタンに薬草農園がなかったのも収益を上げるのが難しいからなのだろう。

「ティセと相談して、収穫祭で薬草を使った虫除《むしよ》けやペット向けの使い方を説明することにした、あと薬草を使った料理やお茶も出す……お兄ちゃんはどう思う？」

「いい考えだな、薬草のまま使える方法があれば一般人にも売れるようになる」

「良かった」

ルーティも色々考えている。

薬草農園での作業も最初はたどたどしかったルーティが、今では手慣れたものですっかり薬草農家が板についていた。

「じゃあさ！」

リットが立ち上がる。

「私達の店は3店並べて出そうよ！」

「「おおー！」」

リットの楽しそうな提案に、俺達はすぐに同意したのだった。

＊　　＊　　＊

冒険者ギルド。

俺、リット、ルーティ、葉牡丹の4人は収穫祭への参加の申し込みに来ていた。

ギルドの受付で冒険者と話をしていた職員のメグリアが俺達に気がついて声を上げた。

「あ！　皆さん！」

それに気がつき、周りの冒険者達も俺達の方を見た。

「え、ルーティさんとリットさんにヒスイ忍者の葉牡丹ちゃん……⁉」

冒険者達がざわめいている。

ゾルタン最強の冒険者となったルーティ、英雄リット、東方のヒスイ王国からやってきた忍者葉牡丹。

ゾルタンの冒険者なら注目せずにはいられない3人が一緒にギルドへやってきたのだ、そりゃ驚くだろうな。

その中に混ざるただの薬屋である俺……視線はない。

別に目立ちたいわけじゃないし、活躍し過ぎて俺が騎士ギデオンだということがバレてしまうと面倒なことになるからいいんだけど。

それはそれとして、ほんのちょっとだけ悔しいという矛盾した気持ちもあるのが人間というものだ。

「んー、1年前はそうでもなかったかな」

俺の顔を見てリットが言った。

「私と再会したばかりの頃は活躍することを本当に嫌がっていたと思うよ。私からすると過剰なくらいに力を隠してた」

「そうかな」

リットはニコリと笑う。

「今のレッドの方が自然で私はいいと思う！」

パーティーを追放された直後と、ゾルタンで暮らしてきた今とでは、俺の心の中も変わっている。

心に傷を負っていた俺が自然になれたのはリットやルーティのおかげだ。

そんなことを話している俺達の横を、葉牡丹がスタスタと歩いて行った。

「メグリア殿！　収穫祭にお店を出すにはどうすればいいのですか！」

「え!?　葉牡丹ちゃんがお店を出すんですか？」

「はい！　レッド殿の薬屋とルーティ殿の薬草農園と一緒に拙者も忍者のお店を開こうと思っているんです」

「「「「忍者のお店!!」」」」

ギルドにいた冒険者達が一斉に立ち上がった。

葉牡丹の声は忍者なのによく通るから奥の部屋にいた冒険者まで飛び出してきた。

「え、え、え？」

戸惑っている葉牡丹の周りに冒険者が集まってくる。

『忍者』の加護持ちはこちら側にも少しはいるが、本場は〝世界の果ての壁〟の向こうだ。

特に本場の忍者の使う道具については加護だけでは知ることができない。

「『盗賊』の俺にも使える道具はあるか⁉」

「あたしは『武闘家』なんだけど、動きを阻害しない防具とかない⁉」

「僕のパーティーに『忍者』がいるんだ、絶対誘って店に行くよ！」

次々に捲《まく》し立てられる言葉に葉牡丹は目を白黒させている。

葉牡丹がゾルタンに来てから結構経《た》つが、人に囲まれるのにはまだ慣れないらしい……

未来の魔王なのに。

「はいはい、それくらいにしてどんなものがあるかは祭りの楽しみに取っておこう、それも醍醐味《だいごみ》だろう？」

「それにまずはメグリアにお店を出す申請をしないとね」

俺とリットの言葉に冒険者達は「それもそうだな」と納得した様子で離れていった。

「注目されているようだ」

「は、はい、拙者頑張ります」

葉牡丹は緊張し、そして張り切っている。

でも俺としては頑張るより楽しんで欲しい。

「あー、それでメグリアさん、収穫祭に俺達の3店を並べて出店したいんだけどできるだろうか？」

「そうですね……」

メグリアは分厚いノートを取り出すとページをめくる。

あのノートに収穫祭に出店する店の名前と屋台を置く場所が羅列してあるのだろう。

「使用されるスペースはどれくらいになりそうです？」

「俺の店は普通の屋台程度の予定だが……」

俺はルーティと葉牡丹を見た。

「私はキッチンも用意するつもりだからスペースは倍欲しい」

「拙者は虎姫様から高価なものはケースにいれておくよう言われておりますので少し大きめの屋台を使いたいです」

「皆さん本格的ですね、となると広場よりも北区の南側がいいかな？」

収穫祭に出店する店には、布を広げてその上に商品を並べるだけの店も多い。

そうしたお店は市場に用意されたスペースや港区の広場にまとめて配置されるのがゾルタンの通例だ。

買い物客は多いが、1つの店をじっくり見るという雰囲気ではない。

「私は広場より北区の通りに店を出すのが希望ね」

リットが言った。

「収穫祭で行われる出し物は北区と中央区がメインでしょ？　その2つを結ぶ通りが一番人通りが多いし、出し物の時間まで暇つぶしに道中の店に寄る人も多くなるわ」

「でもそんな好条件の場所なら、もう埋まっているんじゃないのか？」

俺は疑問を口にした。

メグリアはクスッと笑う。

「ゾルタンでは皆ギリギリに申請出すんですよ。まだ半分くらいしか埋まっていません」

「……祭りは来週だぞ」

バハムート騎士団の下っ端だった頃に、警備要員として王都の祭りに駆り出されたこともあったので知っているが、王都の祭りは早いところだと1年前……つまりその年の祭りが終わってからすぐに翌年の出店計画を提出するのだ。

まぁ王都のは祭りに浮かれた店というより、祭りに浮かれた客を狙うよう計算された商売っ気溢《あふ》れる店ばかりだったな。

王都とゾルタンどちらが良いかというと……今はゾルタンのやり方が良いと思える。

俺もすっかりゾルタン人だ。

「とはいえ俺達が先に申請したことで喧嘩《けんか》になるのは避けたいな」

「そこは毎年のことなので大丈夫ですよ。問題になりそうなのは中央区のごく一部の商人だけで、そういう所は流石《さすが》に申請を済ませています。大半は売る側として祭りを楽しみたいと思っている人達ですから」

「さすがゾルタン」

「それにレッドさん達が出店すれば話題になると思いますし、人が集まっても大丈夫そうな北区のメインストリートに配置しましょう」

メグリアはそう言って周りをちらりと見た。

ギルドの中には距離を取りながら聞き耳を立てている冒険者達がいる。

噂《うわさ》はすぐに広まるだろう。

「楽しい祭りになりそうだな」

「うん！」

俺とリットは顔を見合わせて笑った。

＊　＊　＊

レッド達が収穫祭への参加を決める3日前。

ここはアヴァロン大陸西部の漁村。

魔王軍の支配から解放されたこの村では盛大な収穫祭が行われていた。

収穫祭が行われる日は土地によって違い、この村は他の地方に比べて少し早い。

町で行われる祭りと違って飲んで食べて騒ぐのがメインだが、午前中に釣った魚の大きさを比べる催しで盛り上がっていた。

「ビュウイ、ここの祭りは喜びで満ちているな」

「はい」

2人の旅人が座って酒を飲んでいる。

ビュウイと呼ばれた浅黒い肌をした人の良さそうな青年。

そしてビュウイの隣には、精悍《せいかん》な顔立ちと鍛え上げられた体をした剣士が座っている。

腰に差した緩やかに湾曲した刀剣は、一端の剣士が見ればヒスイ王国の刀の影響があると見抜くことができるだろう。

だがこの村にいるのは受難に耐えていた力なき者達だけだ。

彼らの素性を考察できるような者はいない。

「剣士様、こちらをどうぞ」

村人が差し出した皿の上には蒸された魚が載っていた。

「ありがたい」

「いえ、これくらいしかお礼もできず」

「私にとってアウルベアを斬る程度造作もないこと、食事や酒を手に入れる方が難しいくらいだ」

「戦争に行った若い衆がやっと帰ってくるというのに、アウルベアのせいで村が滅んだなんてことになっていたら申し訳が立たねぇところでした」

「申し訳が立たないか」

「はい、戦ったやつらと死んでいったやつらのために、残った俺らは生きて迎えてやらねぇといけないんです」

「それがお前達の戦いなのだな、天晴《あっぱれ》な心意気だ」

剣士は白い歯を見せて皿を受け取る。

剣士らが歓待を受けているのは、村を襲おうとしていたアウルベアを倒したから。

戦える者が残っていないこの村にとって、剣士は救世主だった。

「良い村だ、救えて良かった」

「はい、異なる加護を持つ者が同じ喜びを共有しています」

２人は心からの笑みを浮かべている。

この村で起こった多くの悲劇は彼らのせいだというのに。

ビュウイの正体はシサンダン。

かつてレッド達と戦ったアスラだ。

そして、剣士の正体は魔王タラスクン。

戦争が終わったこの大陸で、魔王は旅を続けていた。

第二章 収穫祭に向けて

収穫祭への参加を決めた翌日。

俺、リット、ルーティ、ティセ、葉牡丹《はぼたん》の5人は朝食を食べ終えると、収穫祭に向けての相談をしていた。

「ルーティと葉牡丹はもう並べる商品は全部決まっているんだっけ？」

葉牡丹は東方から持ち込んだ手持ちの道具を売るから仕入れは必要ない。

ルーティも日常的に使える薬草の商品という話だが、すでに何を出すか決めているような話だった。

だが、2人ともすぐにはうなずかなかった。

迷っている様子だな。

「拙者、ゾルタンの人々がどのようなものを求めているのか分からず困っています」

「なるほど、東方の道具は他に売っているお店もないし参考にするものが何もないか」

「はい……それで明日はレッドさんのお店がお休みなのでご意見を頂きたいと思ってたん

です」

商品は決まっているが陳列で悩んでいるのか。

大きめの道具もあるとしたら一度に陳列もできないし何を優先するべきかが重要だな。

「お兄ちゃん私も1つ悩んでいる」

「ルーティもか」

「私は陳列する商品は全部決まっている、動物向けの薬草とお風呂に入れる入浴剤」

「さすがルーティとティセだ、準備がいいな」

「でも薬草を使った料理のメニューについては検討中」

「料理か……味の調整が難しそうだな」

「明日のお休みにお兄ちゃんに相談したいと思っていた」

「2人が昨日来たのは、その約束をするためだったのか」

まぁルーティが来るのはいつものことなので収穫祭は関係ないかもしれない。

「でもお兄ちゃんも準備がある」

ルーティはしょんぼりしている。

俺は笑ってルーティの頭を撫《な》でた。

「遠慮するな、せっかくのお祭りなんだ、皆で楽しもう。その代わり俺とリットが作る薬の容器についても意見をもらおうかな」

「うん、頑張る……！」

ルーティは自分の頭に置かれた俺の手を握ると、決意を込めた目でうなずいた。

とても平和な決意だ。

「良かったですねルーティ様」

「うん」

ティセもホッとした様子だ。

「料理はティセが作るのか？」

「はい、私とうげうげさんが料理スキルを持っていますので、基本的には私達が料理を作ります」

そう、うげうげさんも料理を作れるのだ。

夏はうげうげさんの作った焼きスパゲッティを食べたっけな。

今年の夏は楽しかった。

だったら今年の秋も楽しいものにしなければ。

俺達のスローライフは本気なのだ。

「でもレッドさん達の方がやることは多いですよね」

「俺達はつい昨日収穫祭に参加することを思いついたばかりだからな」

「うん、まだ何も用意してないんだよね」

リットも腕を組んで「むー」と唸《うな》っている。

「こうなったら明日は別行動で私が職人さんを探しに行こうかな」

「「「それはだめ」です！」」

ルーティ、ティセ、薬牡丹が同時に声を上げた。

「リットもお兄ちゃんと一緒にお祭りを楽しむべき」

「それはそうだけど」

「私にいい考えがある」

ルーティが力強く言った。

「今日は私がこのお店の店員をやる、お兄ちゃんとリットは職人を探しに行くといい」

「そ、それなら拙者も！」

薬牡丹も手を上げた。

「いい考えですね、薬草農園のお仕事は私がやっておきますのでお店はルーティ様と薬牡丹さんにお任せしてはどうでしょう？」

3人とも俺とリットが一緒に祭りを楽しめるよう手伝ってくれるようだ。

「そうだな、お願いしようか」

嬉《うれ》しくなった俺は、笑ってそう答えた。

俺がルーティ達のお祭りが楽しい思い出となって欲しいように、ルーティ達も俺とリットが楽しい祭りができるよう手伝ってくれる。

ゾルタンは、とても平和で幸せな時間が流れている。

＊　＊　＊

午前9時過ぎ。

俺とリットは一緒に下町を歩いていた。

「ガラスか陶器か……」

薬の容器の材質をどうするか悩む。

「木とかは？」

「木製もいいな……薬によっては直接入れて保管すると腐食するものもあるが、今回売ろうと考えているのは一般的な薬だから湿気を避けられる容器なら素材は問題ない」

「秋らしい木の素材に紅葉を塗り込んだデザインなんてどうかな？」

町の中でも自然を残すゾルタン。

横を見れば葉の赤くなった木々が風で穏やかに揺れている。

その木を眺め、俺はリットの言ったデザインを頭に思い浮かべた。

「うん、いいかもしれない」

「でしょ！」

となると知り合いの中で相談できそうなのは……。

「あいつしかいないな」

「私も1人思いついた」

俺達には頼れる友達がいる。

「ストサン！」

「ストっち！」

家具職人のストームサンダー。

このゾルタンであいつほど木材に詳しいヤツはいないだろう。

＊　＊　＊

「ストっちいるー？」

ストサンの店に入ると、リットは声を上げた。

「……あれ？」

いつもならすぐに飛び出してくるのだが、今日は静かなままだ。

「でも奥に気配はあるよね？」

「ああ、ストサンはいるようだが……」

いつもと違って様子がおかしい。

俺達は奥の作業部屋へ向かった。

立派なウォルナットの扉を開けて覗《のぞ》き込むと……。

「ストサン⁉」

そこには作りかけの鏡台の前で倒れているハーフオークのストサンの姿があった。

俺とリットは慌てて駆け寄る。

「レッド、ストっちは大丈夫？」

リットは心配そうにたずねるが。

「グー……フガー……」

「……疲れて眠っているようだ」

リットは安心してため息をついていた。

*　*　*

「疲れているならベッドで眠った方がいいんじゃないか？」

俺の言葉にストサンは首を横に振った。

「収穫祭で展示販売する鏡台を仕上げてたんだよ、まだ頑張らねぇとな」

「おお、ゾルタン人らしからぬ気合だな」

「ゾルタンに染まってはいるが、俺は移住してきた家具職人だぞ……仕事はサボっても祭りはサボらねぇ!!」

「やっぱりゾルタンに染まってるじゃないか」

ストサンは毎年収穫祭で家具を1つ作って展示販売していたのは知っていたが、こんなに根を詰めていたとは知らなかった。

「家具をどこの店で買うかってのはな、特に貴族様の御用達《ごようたし》は大体決まっているんだよ。顧客を新規開拓するにはこういう祭りでアピールするしかねぇんだ」

「なるほどな」

ストサンも経営者として色々考えている。

お互いオーナーは大変だな。

「思い返せば、他の祭りではいつもゴンズと飲んでいるストサンが収穫祭だけはずっと忙しそうにしていたっけな」

「ゴンズの野郎はあれでゾルタン1の大工だぜ、あいつは黙っていても仕事が舞い込んでくるんだよ」

「ゴンズもサボるけど腕は確かだからなぁ」

〝サボるけど〟が頭につくのはゾルタン人のデフォルトではあるが、それを差し引いてもゴンズの腕は抜群だ。

あんなのでも大工の棟梁《とうりょう》として仕事に困ることはない。

そして実は結構お金持ち。

「ストサンとは大違いだな」

「うるせえ！　俺だってお前の店より儲《もう》かってるからな！」

「何だと？　まっ、腕なら3人とも一流だろ」

「え、あ、おう……」

ストサンの髪のない頭が赤くなった。

だが、おっさんが照れていても仕方がない。

「でもそうか、忙しいのか」

「おうそうだ、お前はともかくリットさんも来てくださるなんて寝てる場合じゃなかった！」

ストサンは揉《も》み手と営業スマイルを浮かべた。

リットや中央区の貴族など大口の客にだけ見せる姿だ。

ストサンは職人であり商売人。

最初の頃は普段はやかましい下町職人の現実を見た気がして目をそらしたものだ。

だが、俺も店を経営して1年以上経《た》った今だと、自分の店と自分の作った商品のため戦う戦士の姿だと思うようになった。

俺も練習しよ。

「んーじゃあせっかくだから食器棚を1つ買っていこうかな」

「毎度ご贔屓《ひいき》にしていただきありがとうございます！」

「置く場所あるかなぁ……」

俺がつぶやくと、ストサンがギロリと睨《にら》んできた。

「そろそろ家、でっかくした方がいいんじゃねぇの？」

「去年やっと建てたばかりだぞ！　ほぼ新築だろ！」

「前はリットさんからもっとでっかい家具を買ってもらえてたんだ！　それもこれもお前の甲斐性《かいしょう》の問題だ！」

「ぐぬぬ」

俺とストサンはいつものようにギャーギャーと言い合いを始めた。

見慣れた光景だ。

「はいはい、皆時間無いんだからそれくらいにして。食器棚は持って帰るとして、私達ストっちに相談したいことがあるの」

「相談ですか？　もちろん、リットさんのご要望ならなんなりと！」

「ありがと、でも今回のは家具の相談じゃないの」

「というと……？」

ストサンは首を傾《かし》げる。

「実は私達も収穫祭でお店出そうと思っているの」

「ええっ⁉　それは急な話ですね」

「秋らしいことしたくなったのよ、それでお祭りに出ようって」

「いやぁ、さすがリットさん素晴らしいお考えで」

「ありがとう、それで相談というのはね、薬を入れる容器を秋らしい木材で作りたいの！」

「おお⁉」

「すぐに新しい薬を作るのは無理だけど、容器ならすぐに動きだせるでしょ？」

「さすがリットさん、良妻賢母とはこのことですねぇ」

ストサンは揉み手でペコペコし、リットは〝良妻賢母〟という言葉にちょっと照れていた。

首の赤いバンダナで緩んだ口を隠している。

「それでストサン」

代わりに俺が話を引き継ぐ。

「木材の加工なら専門家だろ？　相談に乗ってもらいたかったんだが……」

ストサンに余裕があれば頼もうと思っていたが、倒れて眠ってしまっていた姿を見れば余裕がないのは明白だ。

「ストサンも祭りの準備で忙しそうだしな。他を当たろうかと思っているんだ、誰か良い職人を知らないか？」

「………………」

ストサンは腕を組んで考え込んでいる。

「もしかしてこの時期は皆忙しいのか」

ストサンが忙しいように、職人達は収穫祭で展示販売する物を作っているのかもしれない。

そうなると容器を作るのが大変になるぞ……。

「俺がお得意様《リットさん》の頼みを断ると思うか？」

ストサンが不敵に笑っている。

「いやでもぶっ倒れるほど忙しいんだろ？」

「まだ全力の10割ってところだぜ」

「それ全力だろ」

「ここ10年くらいやってなかったが、久しぶりに限界を超えた全力ってのをやるのも楽しいもんだ」

「そんな無理しないでよ！」

リットがたまらず割り込んだ。

「私が昨日思いついたことなんだから無理させることじゃないって！　それにストっちの作る家具を私とても気に入っているの、断ったくらいで他の店に変えたりなんてしないんだから」

「へへ、嬉《うれ》しいお言葉で……でも、これも職人の楽しさの1つなんですよ」

ストサンの表情は疲れが見えるが活力でみなぎっている。

騎士や冒険者にもそういう時がある。

生還が難しい冒険に向かう高揚感、乗り越えた先に見える世界。

スローライフとは楽に生きるという意味ではない。

自分の望むように楽しく生きるという意味なのだ。

「それに今作っている鏡台は概《おおむ》ね出来上がっているんだ」

「そうなのか？　その割には余裕がないように見えるが」

「最後の仕上げで苦戦しているんだよ、どうもしっくり来る仕上げが思い浮かばなくてよ……だが薬の容器を作るなんて珍しい仕事をやれば何か摑めるかもしれねぇ」

「なるほど、たしかに行き詰まった時は他へ視線を向けると何か見えてくることもあるな」

「だろ？　そういうわけでその仕事、請けさせてもらうぜ」

「「ありがとう！」」

俺とリットは同時に感謝を伝えた。

＊　　＊　　＊

「この後は予定あんのか？」

ストサンは俺にたずねた。

「いや、店のことはルーティ《いもうと》に任せてきたから今日1日は時間がある。ただ明日は妹や葉牡丹の相談に乗る予定なんだ」

「それなら今日中にデザインの相談を始めた方がいいよな」

「ああ、助かる」

「よーし、それじゃあ早速やるか！」

ストサンは立ち上がると、作業テーブルへと向かった。

図面を描くために角度がついているテーブルだ。

今は鏡台のスケッチとスケッチを元にした三面図が置かれている。

家具職人の仕事が垣間《かいまみ》見えて面白いな。

ストサンは図面を引き出しにしまうと、新しい紙を広げた。

「今日はスケッチまで完成させてしまおう」

そう言ってストサンは鉛筆を手に持った。

「俺の場合はまずラフスケッチを描いて、それからスケッチ、図面という順番だ。ラフはとにかく手を動かすから、レッドとリットさんもどんどん意見を出してくれ」

「分かった」

俺とリットはうなずいた。

いつもの陽気な下町ハーフオークのストサンではなく、一流の家具職人としての顔を見せている。

俺の友人は頼もしい。

「コンセプトは秋を感じさせる薬の容器。入れる薬は日常的に使うもので1～2ヶ月で使い切ることを想定しているわ」

リットの説明を受けて、ストサンは鉛筆を走らせた。

素早く、だが繊細なタッチだ。

「基本的な形はレッドの店にあるやつにするか、良いデザインを思いついたら変えると」

「木で作ると手にした感触もやっぱり違うんだろうな」

「そうだな、見て惹《ひ》きつけ、触れると馴染む、それが理想だぜ」

「剣の柄を作る時と似たようなものか」

「見て美しく手に馴染む、たしかに剣の柄だね！」

「多分そんな感じだろ、俺ぁ剣の柄なんて作ったことはないが」

俺とリットが剣で理解するのを見て、ストサンは苦笑している。

「やっぱりお似合いだな」

「えへへ」

リットが照れて笑った。

「レッドからリットさんと一緒に暮らすと言われた時は、一体どんな奇跡が起こったんだ、神様の振ったサイコロがとんでもない目を出したのかと不思議に思ったもんだが」

「あの時そんなことを思っていたのか」

リットと一緒にストサンの店に来た時の、ストサンの驚いていた顔はよくおぼえているが。

「そりゃ驚くだろ、あの時の俺からすればお前は安いベッドを30分も値切って買うような友達だったからな！」

「悪かったって、ゾルタンに移住したばかりの頃は店を建てるためにお金貯《た》めてたんだ」

「知ってたから何だかんだ値引きしてやったんだ」

懐かしいな。

あの頃は下町の安い長屋《タウンハウス》の部屋を借りて暮らしていた。

食事もジャガイモと卵ばかり。その2つで体を維持するための栄養を確保しつつ、あとはたまに山で採れた山菜や川で釣った魚で料理に変化をつけていたな。

「私がゾルタンにいるの分かってたんだから、すぐ会いに来てくれれば良かったのに」

リットが口をとがらせている。

だが、あの頃はリットに会うのが怖かった。

俺はパーティーを追い出されて、これ以上仲間から失望されたくなかったんだ……。

「でも、リットが俺に会いに来てくれて良かった」

「レッド……」

「おいおい俺がいるのを忘れるなよ」

また苦笑しているストサン。

だが、会話しながらもストサンの手はずっと動いていた。

「おお？」

白い紙に描かれたデザインを見て、俺は声を上げた。

容器のシルエットは瓶状で中央が少し膨らんでいる。

中央には紅葉とその周りに鳥が2羽彫り込まれ、容器の形に調和するように配置されていた。

「すごく良いな、話している間に思いついたのか」

「レッド達の話を聞いてたら動物をペアで彫るのが良いだろうと思ってよ。この紅葉は実際の紅葉を上薬で塗り込むつもりだ」

「いいじゃない！　私のイメージにもすごく近いよ！」

リットも喜んでいる。

「それじゃあこれをベースにいくつかパターンを考えてみるか。鳥をもっと抽象的にしてみるのはどうだ？」

「抽象的にか……容器との調和をより重視するってことか？」

「よく分かってるじゃねぇか、家具の本分は使われることだ。薬の容器だってそうだろう？　使いやすい形が第一、飾りは形に調和する工夫を施すんだ」

「剣や鎧《よろい》の装飾と同じね」

「貴族の兜《かぶと》なんかはデザイン重視で使いにくいものもあるけどな」

「また武具かよ、でもその通りで家具も同じだ。でもな、使うのは使用人で自分は使わないなんて客は、使いにくくても美しい物を買っていくんだ」

ストサンはやれやれと肩をすくめた。

武具も家具も人が使う道具、結構似ているもんだな。

＊　＊　＊

「こんなもんでどうだ！」

「「おおー」」

俺とリットは完成したスケッチを見て同時に声を上げた。

「可愛《かわい》いし、手に馴染みそう！」

「でしょうでしょう」

ストサンは上機嫌だ。

「本当に良いデザインだな、派手すぎずテーブルや棚に置いても馴染みそうだ」

「薬は常備するものだからインテリアとして部屋とも調和するように作ったんだ。そういうデザインなら屋台や店の棚に並べても見栄《みばえ》がいいはずだからな」

俺もリットも大満足でうなずいた。

「それじゃあこれで進めるぞ」

「ああ、ぜひ頼む」

「作るのは俺だしこのスケッチがあれば図面もいらねぇな、試作品作っておくから明後日にでもまた来てくれ」

順調に良いものが出来上がっていく。

俺とリットはストサンに相談して良かったと微笑《ほほえ》んだのだった。

＊　　＊　　＊

帰り道。

気がつけばもう夕方だ。

容器のデザインを決めるのに熱中しすぎてお昼を食べそこねてしまった。

「市場に寄って夕食の食材も買って帰るか」

「ルーティ達も一緒に食べるよね」

「買い物ついでにティセも誘いに農園に寄るか」

「いいね！　明日も集まるけど今日だって集まってお話ししたいもの」

「そうだな、今日のストサンのこと聞いたらどんな反応するかな？」

「特にティセは驚くと思うよ」

「ティセが？」

「ルーティの住んでいる家の家具はティセが揃《そろ》えているの。特にお風呂周りの家具のことでストサンに相談しているんだって」

「なるほどな」

今回作る容器に入れる薬には液状のものもあるのだが、耐水性の高い上薬についてもストサンは詳しかった。

野外用の椅子やテーブルも作っているだけはある。

「腕は信頼しているんだけど、納期が守られないことが多いんだってティセが言ってた。私は店頭に並んでいる物を買うことが多かったから気にしてなかったけど」

「ストサンはゾルタン基準だと真面目な方なんだが、それでもゾルタンに馴染《なじ》んでいるからなぁ」

「それにティセは段取りをしっかりするタイプだものね」

そんなティセも、この1年で随分ゾルタンに慣れたと思う。

上手《うま》くいかなくても笑って楽しむ余裕が今のティセにはある。

「今日も楽しい1日だったな」

「うん！」

祭りのために仲間と一緒に準備する。

結果の前に、その過程が楽しいもの。

だからこの戦いは必勝。

成功しても失敗しても、この楽しい秋の思い出は忘れないだろう。

騎士だった頃には知らなかった勝ち方だ。

「ゾルタンはいいところだよね」

「ああ、とてもいいところだ」

俺とリットはそう言いながら市場へと歩いていった。

＊　＊　＊

「船が無いってどういうことだよ!!」

旅人の大声が部屋に響いた。

ここはリュウガンという町、その船着き場にある小屋。

リュウガンはクロノガン川という名の大河に接する町であり、ここから東へ向かうにはこの町で船を乗るしか方法がない。

「だから、漕手《そうしゅ》のやつらがバテちまって今日はもう出せないんだよ」

「はぁ？　客が待ってるってのにそんなことあるのか！」

「戦争のせいで漕手不足でね、平和になったからそのうち人も集まってくるだろうが……

そういうわけでまた明日来な」

職員に詰め寄る旅人達は納得できない様子で憤慨していた。

「ならば私がオールを持てば良いのか?」

その後ろから背の高い剣士が声をかける。

旅人達は驚いて小さな悲鳴を上げた。

「見ての通り力には自信がある」

剣士の逞《たくま》しい肉体を見て職員は思わずたじろいだ。

「船賃はそのままでいい。船頭1人だけつけてくれれば、私と私の仲間が船を漕《こ》ごう。どうだ悪い話ではないだろう」

「まぁ、そういうことなら」

旅人達から歓声が上がる。

剣士は白い歯を見せて笑った。

その笑顔は人を惹きつけるカリスマがあった。

剣士タラスクンは身分を隠し、姿を変えても魔王だった。

「助かったよ」

タラスクンに声をかける男がいた。

額に矢傷の跡がある男だ。

旅用の軽い鎧を身に着けているが、腰に差された剣は旅で使うには少し重くて長いバスタードソードという長剣だ。

両手でも片手でも扱え、兵士に好まれる剣である。

「俺はハーモン、ゾルタンのハーモン・パールマンだ、よろしくな」

「私はタラスクン、よろしくハーモン」

「えっ、タ、タラスクン……？」

ハーモンはその名を聞いて驚き言い淀《よど》んだ。

「驚かせてすまんな、私は魔王と同じ名を持っている」

「い、いや、そりゃ名前が同じなだけで悪人なわけないけど……珍しい名だよな」

「ああ、暗黒大陸の言葉に由来するのだろう。この名のことで驚かれることもあるが、親からもらった名だ、恥じてはいない」

「そ、その通りだ！　変なことを言った俺が悪かった、ごめんよ！」

「気にするな。それに見ず知らずの私に謝罪してくれるとは、君はいいやつだな」

「はは……向こうについたら一杯奢《おご》らせてくれ。戦争の報奨金で少しは懐が温かいんだ」

ハーモンはタラスクンに気を許した様子で、さまざまな話をした。

ハーモンの語る戦争の様子や、故郷の思い出話などをタラスクンは興味深げに聞いていた。

「そんなわけで義勇兵として参加していた俺も戦争が終わってやっとゾルタンに帰れるってわけだ」

「よくぞ生き残ったものだ」

「まぁ俺は雑兵だったからな。槍《やり》や盾持って戦友と肩並べて、あとは言われた通りに前か後ろに進むだけだった。俺の友達は俺よりもずっと強かったんだよ、俺はあいつを英雄だと思っていた……でも魔王軍の兵士にあっさり殺されちまった」

「英雄が戦場で戦えるのは、兵士によって戦線を維持されているからだ。人類が勝利したのは紛れもなく君や君の戦友達がいたからだ」

「へ、へへ、照れるな……でも俺なんかよりタラスクンさんの方がすごい戦いをしてきたんじゃないか？」

「私は前線にはいかなかったんだ」

「そうなのか、強そうだからてっきり」

「その意味では世界のために自ら戦場に赴いた君の方が私より勇者と言えるだろうな」

「そう言われると悪い気はしないな……タラスクンさんとは気が合いそうだ、よし向こうについたら飲むぞ！　二杯目も奢るぜ！」

準備ができたと合図している船頭の下へハーモンは向かった。

その後姿を見ている魔王タラスクンの顔には……悪意のない爽やかな笑顔があった。

気持ちの良い青年に出会ったと、タラスクンはそう思っていたのだった。

＊　　＊　　＊

翌日。ゾルタン。

今日は休日、レッド&リット薬草店もお休みだ。

「ふふーん♪」

俺は鼻歌を歌いながら、朝食の準備を進めていた。

今日のメニューは秋野菜のスープ、小魚とアーティチョークのパスタ。

パスタにかけるチーズは控えめに。

「今朝はこういうのがいいだろう」

これからルーティ、ティセ、葉牡丹の3人がやってくる。

今日はルーティの薬草料理の相談と、葉牡丹の忍具の相談だ。

薬草料理を食べることになるから朝食は軽く。

とはいえ空腹だと正確な味の判断ができなくなるから、ある程度は食事をしていた方がいい。

祭りでも空腹の客より、他の屋台で食べてきた客の方が多いだろう。

「ルーティ達はどんな料理を作るのだろうか」

アレンジしたくなった時のために、昨日市場で色々な食材を買い揃《そろ》えている。

何にせよ、今日も楽しい1日になりそうだ。

＊　　＊　　＊

朝食を終え、俺達は居間に集まった。

「では拙者から」

葉牡丹が綿布を床に広げ、そこに様々なヒスイ王国の道具を置いていく。

「手裏剣、苦無、まきびし、刀、脇差、鉤縄《かぎなわ》、編笠《あみがさ》、手ぬぐい、薬、筆、煙玉、妖炭、光粉、デーモン苔《ごけ》、魔界殺人キノコ、悪魔の爪、即席破城砲《そくせきはじょうほう》……」

「……後半のやつは忍具じゃなくて魔王の道具じゃないか？」

「あやや、間違えました、忘れてください！」

葉牡丹のやつ、あんな物騒なものを隠し持っていたのか。

リットの笑顔も引きつっている。

「あ、これ旅をしていた時に見ましたね」

「うん、懐かしい」

ルーティとティセは興味深げに覗《のぞ》き込んでいる。

言われてみれば、あの得体のしれない材質の〝悪魔の爪〟を装着している魔王軍の戦士がいたな。

「ルーティ殿も使ってみますか？」

「うん」

おー、元勇者がデーモンの武器を身に着けている。

教会の人間が見たら泡を吹いて倒れそうだ。

ルーティは爪を右手の指につけ、二度振り回した。

「とても使いにくい」

ルーティは遠慮なく不満を言っている。

「デーモンって剣や槍も使っているのに、どうしてこんなリーチが短く力の入りにくい武器を使うんだろうね？」

リットも左手の人差し指だけ身に着け、首を傾《かし》げていた。

「我々上級デーモンは姿を自由に変えられるので、剣や槍のような武器だと使用感が変わってしまうんです。その点、この〝悪魔の爪〟はどの姿でも同じように使えます」

「なるほど、変身生物ならではの武器か」

俺も身に着けてみたが……これじゃあ相手の攻撃を防御することもできないし、分厚いモンスターの皮膚を貫くこともできない。

こんなもので戦えるなんて、さすがデーモンだなぁ。

「もしかして、この〝悪魔の爪〟も需要がありますか？」

「魔王グッズは止めておいた方が良いんじゃないかな、色んな意味で」

「そうですか……」

葉牡丹はガッカリしていた。

いやでも駄目だろそれは。

「それに祭りに来ている人達だからあんまり高価なものは置かない方がいいと思う」

リットが言った。

「たしかにそうだな、客寄せのために手裏剣を置くのは良いかもしれないが、他は安いものを並べた方がいい」

「なるほど……」

「それなら手裏剣を体験できるようにするのはどう？」

ルーティがそう提案した。

「〝悪魔の爪〟は使いにくかったけど興味深かった。同じようにヒスイ王国の手裏剣は使ってみたい人がたくさんいると思う」

「おお、さすがルーティ殿！　すごく良い考えに思えます！」

葉牡丹は目を輝かせている。

「与えられたスペースからすると、的との距離は2メートル弱くらいになるな。ちょっと短いが、慣れない投擲《とうてき》武器を試すには十分な距離だろう」

「手裏剣は経験がないと中々当たるものではありませんから、十分です」

葉牡丹は、その手裏剣を自分はしっかり当てられると胸を張っている。

子供のドヤ顔は微笑ましい。

「私も当てられる」

ルーティが対抗して手裏剣に手を伸ばすが。

「俺達の店で投げるのは止めてくれよ」

「残念」

俺に言われてルーティは素直に手を引っ込めた。

隣のティセも残念そうな顔をしている。

「私とルーティ様なら的を外すことはありませんよ」

それは分かっているが、室内で刃物を投げるのは止めて欲しい。

「とにかく、葉牡丹の店について方針は決まったな」

「はい！　手裏剣でお客を呼んで、手ぬぐいや筆を売るんですね！」

的は訓練所から借りればいいだろう。

「ありがとうございました！　お店を出すのって楽しいですね！」

葉牡丹はそう言って笑った。

「それにしても、葉牡丹って正体は忍者じゃないんでしょ？」

「はい、正体は魔王の娘です」

葉牡丹は堂々と言った。

俺達のことを信用しているからこその言葉だろうが……そんな堂々と魔王の娘だと名乗らないように教えるべきかもしれない。

リットも苦笑しながら言葉を続けた。

「その割には忍者の道具や知識に詳しいし、忍者であることにもこだわっているように見えるから、ちょっと不思議だなって思ったの」

「そのことでしたか」

葉牡丹は身を乗り出して語り始める。

「少し長くなるのですが……」

それから葉牡丹はヒスイ王国に匿《かくま》ってもらった際に起きた冒険の話をしてくれた。

本当に長かったので要点だけ言うと、「葉牡丹の護衛をしていた忍者マスターと一緒にヒスイ王国に潜入していた魔王軍のスパイと戦うことがあり、そこで忍者というものに感銘を受けた」ということらしい。

もともと身分を偽るのに忍者の振りをするというのは計画にあり、忍者を理解する過程で変装の技術を学ぶうちに性格や立ち振る舞いなども身につけられるという虎姫の考えだったそうだ。

まさかここまでハマるとは思っていなかったみたいだが。

「ゾルタンの人達にも忍者の魅力を知ってもらいたいです」

でもやっぱりちょっと勘違いしている気がする。

多分、忍者は人々に広く知ってもらうものじゃないだろう。

＊　＊　＊

キッチンにはエプロンをつけたティセとルーティ。そして頭に三角巾を乗っけたうげうげさんがいる。

うげうげさんに髪の毛はないし、多分意味はない。

「薬草料理はとても難しい」

ルーティは腕を組みながら、本当に難しいとアピールしている仕草で言った。

ティセとうげうげさんも同じように腕を組んでいる。

「何品くらい用意するつもりなんだ？」

「ベンチに座って食べる料理を1品、歩きながら食べられる料理を1品、あと飲み物1品」

なるほど。

ルーティの屋台は料理がメインというわけではない。

薬草の使用法を伝え、薬屋や診療所以外の販路を増やすことが目的だ。

料理の数は絞って、調理時間を効率良くした方がいいだろう。

「飲み物は決まっている」

「薬草を使った飲み物か、ハーブティーか？」

「ううん、今から作って見せる」

ルーティは持ってきた薬草と梨とベリーを金属製の大きなコップに入れた。

それからフォークを差し込み。

「えい」

「すごい勢いでかき回し始めた！」

目に見えないほどの速度でかき混ぜられた材料はドロっとした液体になってしまった。

ルーティは小さめのコップを5つ用意し注ぐ。

「完成」

材料をそのまま入れたはずだが、出来上がったジュースの中に原型は残っていない。

飲んでみた……苦味は強いがこれはこれで美味《おい》しい、健康に良さそうな味だ。

けれど。

「これ普通の人に作れるか？」

「うん、私でもルーティの真似《まね》はできないよ」

俺とリットは口を揃《そろ》えて言った。

梨やベリーを潰してジュースにすることくらいなら普通の人にもできるだろう。

だが、薬草は本来すり鉢で時間を掛けてすり潰すもの、フォークでかき混ぜるだけでジュースに変えるのはルーティにしかできないだろう。

「今回の料理は薬草の使い方を伝えて一般の人にも薬草を買ってもらえるようにすることだろ？」

「うん」

「だったらルーティにしか作れない料理を出したらまずいんじゃないか？」

「盲点だった」

ルーティはびっくりしている。

最近しっかりしてきたように見えて、やっぱり抜けているところがある。

「こんなに美味しいのに」

「しかしまさかジュースにするとは……今回の祭りには出せなくても別の機会に出すといいと思う」

「うん、いつか薬草カフェを開く」

「うーん、さすがにそれは事業を広げ過ぎかもしれない」

ドリンクは要検討と。

「料理は私が考えました」

「ティセなら大丈夫か」

常識人のティセならきっと目的にあった作りやすい料理を……。

「では実演します」

ティセはさまざまな薬草と、大根、卵を並べた。

「まず塩と薬草2種を煮込んでアク抜きし、その後、砂糖、醤油《しょうゆ》、昆布を入れてスープを作ります。次に大根は皮を剝《む》いて、輪切りにし、切り込みを入れて薬草と煮ます。この薬草を入れると大根の食感が柔らかくなります。

卵はゆで卵にしたあと、こっちの薬草をたっぷり入れて煮込み、味を染み込ませます。出来上がる煮卵はエキゾチックな味になりますが、スープと一緒に食べることで思いの外化けるのです。5時間ほど煮込みましょう。

また、ちくわなどすり身に薬草を練り込んだものもこちらに用意してあります。定番の味とはならないでしょうが、毎日のおでんにマンネリを感じた時に食べるといいでしょう。

以上の下ごしらえを終えたらスープと一緒に煮込んで完成したおでんがこちらになります」

早口で喋《しゃべ》った最後に、ティセは予《あらかじ》め作り終えていた完成品を取り出し置いた。

そうだった、この子おでんとお風呂のことになるとこだわりが強いんだった。

「…………」

「うーん……」

「さすがティセ、美味しそう」

「わぁ、薬草のおでんは初めて見ました！」

ルーティと葉牡丹は感心していて、俺とリットは難しい顔をしていた。

「ティセ、少し……いやかなり厳しいことを言うが覚悟して聞いて欲しい」

俺は意を決してそう声をかける。

「言いたいことは分かっていますレッドさん」

ティセが俺に手のひらを向けて言った。

むむ、さすがティセ、問題点を分かっていたのか。

「創作おでんは羅針盤もなく大海に船を出すようなもの、そう言いたいのですね」

「え？」

「分かっていますとも、おでんの具には豊富な種類がありますが、結局のところ人気の具は、大根、卵、牛すじ、ちくわの定番メニュー。創作おでんにこだわるよりも、定番のおでんを完璧にすべしというのは古代おでんの時代にはもうすでに結論が出たものです。で

すが、海を越えた先に未知なる世界があり、そこに夢を求めるのも人のサガなのではないでしょうか」

「いや、その……全然分かんない」

「私なんかがおでんの歴史を変えようなんておこがましいことを思っているわけではありません。ですが、この薬草おでんは！」

ティセの目がキラリと光り、右腕を上げ天を指差した。

「見たこともない海を進む勇気を、人々に伝えられると私は思っています」

「感動的なスピーチ」

ルーティは惜しみない拍手を送っている。

ティセはたまにどうしようもなくポンコツになる時があるなぁ。

「いやそうじゃなくてな」

「あれ？」

「いいかティセ……ゾルタン人の家庭におでんを作る習慣はないんだ」

「そんな馬鹿な」

「それどころか正直な所ゾルタンではマイナー料理だ」

「……!!!!!!」

ティセの目が丸くなった。

最大限の驚きの表情だ。

だが、悲しいことに事実なのだ。

ゾルタン人にとって、おでんは外国からやってきた変わった料理であり、美味しくても家庭で毎日食べる料理ではない。

「薬草の前に、まずおでんを家庭に広めることが必要だ」

「ショックです……」

「まぁその……おでん教室でも開くか？」

「それです！　さすがレッドさん！」

半分冗談だったのにティセは燃えている。

とにかく元気になったのは良いことだ。

「今回の目的だと薬草を使った家庭料理の方がいい、おでんを広めることと薬草料理を広めることを同時にやるのは至難の業だ」

俺はティセのおでんの中から卵を取って食べてみた。

意外なことに苦味がない。

味はまろやかで卵の旨味を活《い》かしている、塩や辛子などをかけて食べるとより美味しいだろう。

メインディッシュの付け合せとして提供するのも、小腹が空いた時間につまむのも、酒の肴《さかな》にするのもいい。

「おでん自体は難しいが、薬草卵は良いアイディアだと思う」

「おお！」

「これに使った薬草は、胃腸の調子を整える蛇酔草《へびよいそう》と、血行を良くする青鞘草《あおさやそう》だな。卵も栄養豊富で健康に良いものだ。薬草をそのまま使っているからすぐに目に見えるような効果はないが、日常的に食べていれば健康に良いだろう」

リット達も卵に手を伸ばした。

「あっ、美味しい！」

リットにも好評だな。

「ゆで卵を煮るという調理法はゾルタン人も知っているから受け入れられるはずよ。煮込むのに時間はかかるけど、事前に調理できるものだから屋台で提供するのには時間もかからないのも良いわね」

「歩きながら食べられる料理として、この卵を出すといいと思う」

「良かった」

ルーティはホッとしている。

ティセの料理が認められて嬉《うれ》しいようだ。

「ありがとうございます、今後おでんを家庭料理にするという課題も見つかりましたし、相談して良かったです」

「あ、ああ、力になれたようで嬉しいよ」

ティセの目は燃えているが、今回の祭りには関係ないから置いておこう。

「あとはもう一品の料理と飲み物か……飲み物については無難に薬草を使ったハーブティーにするのはどうだろう？　秋になって肌寒くなってきたし、温かいお茶は好まれるはずだ」

「うん、私も良いと思う」

ルーティはうなずいた。

「どの薬草を使えばいいと思う？」

「いくつか候補はあるが、せっかくだ、手持ちのハーブティーに使えそうな薬草全部試してみるか」

「すごく時間がかかるけど、いいの？」

「まぁ日が暮れる頃には終わるだろう、ルーティが店を出すんだ。楽しく、悔いなく、やれることは全部やろう」

「そうそう、私は薬草のハーブティーってあんまり飲んだことないから楽しみ！」

「新しい味を見つけるには試すのが一番ですよ。おでんと同じです」

「拙者も興味があります！」

皆、ルーティの祭りが上手《うま》くいくよう本心から願っている。

それが俺にとっても嬉しい。

1人おでんを引きずっている者もいるが。

「ありがとうお兄ちゃん、皆」

ルーティが頰を緩めて笑ったのを見て、俺はますます嬉しくなった。

＊　＊　＊

夕方。

すぐに提供できて歩きながら食べられる料理として薬草卵。

ドリンクとして薬草ハーブティー。

2つのメニューは完成したが、残るベンチに座って食べるメイン料理がまだ決まっていない。

「うーん」

皆腕を組んで悩んでいる。

いろんな薬草ハーブティーを飲みながら、料理についても案を出し合ったのだがなかなか上手くいかない。

「料理スキルがある人前提の料理ならいくらでもあるんだがなぁ」

俺達が悩んでいる最大の問題点はそこだ。

今回の料理は一般家庭でできる料理である必要がある。

俺やティセは料理スキルを取っていて、薬草の苦味を料理の味と調和させることができる。

なので、普通の家庭料理に軽くアク抜きした薬草を入れるだけでもアレンジ料理として成立する。

だが、スキルがないと薬草の苦味が料理の味を台無しにするほど印象強く残ってしまう。

ゾルタン人の馴染《なじ》み深《ぶか》い系統の料理と、スキル無しで苦味と調和する料理を兼ねるとなると思い当たる料理がない。

「ふう、私達だけじゃ無理なようね」

リットが諦めた様子で呟《つぶや》いた。

「リットらしくないな、まだまだ諦めるには早いはずだ」

「もちろん諦めてないわ。でも問題の解決には私達以外の知識が必要だよ、昨日の私達がストっちを頼ったみたいにね」

「俺達以外の知識？」

「ちょうどいい時間だし、皆私と一緒に来てくれないかな？」

リットの言葉には自信があった。

しかし、一体どこに行くのだろうか？

＊　　＊　　＊

「ここは……」

レッド&リット薬草店を出てから歩くこと10分弱。

思ったよりずっと近かった目的地の名は……。

「井戸だな」

「井戸」

「井戸ですね」

ここは下町の中心あたりにある井戸。

「これが噂《うわさ》に聞く井戸端会議というものですね！」

葉牡丹が言った。

井戸の周りには水を汲《く》みに来たゾルタンの母親達が集まり、世間話に花を咲かせている。

俺も長屋で一人暮らしをしていた時はよく世間話に巻き込まれていたが、今の店を建ててからはこちらの井戸からは足が遠ざかっていた。

「家庭料理の情報を集めるのに、ここほど適した場所はないでしょ？」

「たしかに」

リットの言う通りだ。

ここにいるのは皆ゾルタンの家庭料理の専門家だ。

「レッドじゃないか！」

声がした。

「ナオさん」

「ここで話すのは久しぶりだねぇ」

そう言って、下町のハーフエルフは笑った。

「それに今日はルーティちゃん達も連れて……全員で水汲みかい？」

「ううん、違うの」

リットは俺の代わりに答えた。

「今日は皆に料理を教わりに来たの」

「「「「ええっ――！」」」」

周囲の母親達が一斉に反応した。

一体何が起こった……？

「レッドの胃袋を掴む方法を知りたいんだね！」

「あらあら、これは大変だわ」

「八百屋のチカさんにも伝えないと！」

どうやらリットに世話を焼いているらしい。

それだけですごい盛り上がりだ。

「気持ちは嬉しいけど、今日の用事はちょっと違うわよ」

「あらそうなの？」

「でも皆が普段家でどんな料理を作るのかを聞きたかったから……結局は同じことかな？」

「あらあら！」

リットがここに来るのは今日が初めてではないのだろう。

とても馴染《なじ》んでいて、俺やルーティは置いてきぼりだ。

「よく来ているんだな、知らなかったよ」

「だってもう少ししたら、私もゾルタンに住む母親になるんでしょ？」

「え、あ……」

「冒険者のお仕事には自信あるけど、母親としてはまだまだ知らないことだらけだから。ここで先輩のお母様方から事前知識を教えてもらっているの」

「あー、それでたまに帰ってくると思っていた時間がズレる日があったのか」

リットが１人で市場に買い物に行った時に、たまに30分くらい遅くなるのはここに来ていたからのようだ。

そう冷静な部分はありつつも、リットと母親がイコールになることに俺はちょっとだけ動揺していた。

「レッドさん、まだ覚悟決まっていないんですか？」

ティセがじとーっと俺のことを見ている。

もちろん覚悟なんて婚約指輪を贈った時から……いや、琥珀《こはく》のブレスレットを贈った時から決まっている。

この動揺は。

「照れてるんだ」

「なるほど、素敵です」

ティセは微表情のまま称賛してくれた。

うげうげさんもパチパチと前脚で拍手してくれている。

「それよりもだ」

ティセの反応でさらに照れくさくなったので本来の目的を進めることにする。

「すみません、俺達は来週の収穫祭で店を出す予定なんです」

「まぁ、レッドさん達の所が？」

「妹は薬草農園の薬草を使った商品、こちらの葉牡丹はヒスイ王国の忍者の道具を売ります」

「あらあら、面白そうね。ぜひ行かないと」

「そうね、そうね」

母親達は新しい情報をワイワイと楽しんでいる。

「力を貸して欲しいことがある」

ルーティが声を上げた。

子供達とは仲の良いルーティだが、この世代の女性と積極的に話すことはあまりしなかったはずだ。

母親達は、ゾルタンの英雄であるルーティが自分達に協力を依頼するという状況に興味津々といった様子だった。

「私は育てている薬草をもっと多くの人に届けたい。薬草は薬の材料だけでなく食材としても使える……けど、日々の食事に薬草を加える料理が思いつかない」

「日々の料理って私達でも作れる料理ってこと？」

「うん、料理スキルも必要としない、どの家庭でも楽しめる料理」

「なるほど、そういう料理があれば私達もルーティさんの薬草を買う理由になるものね」

「でも私達、薬草なんて料理に使ったこともないしねぇ」

「悪いけど協力なんてできないわよ」

「私が教えて欲しいのはゾルタンの家庭料理、皆の家でいつも作っている料理にヒントがあるはず」

ルーティは真剣な表情でそう伝えた。

「なるほどねぇ」

ナオが腕を組んで何度もうなずいている。

「そういうことなら協力できそうだよ。なぁ皆も手伝ってあげてくれないか？」

「あらあら！　私なんかルーティさんに見てもらうなんて恥ずかしい腕前だけど、それで良ければ」

「せっかくならコットンさんの家に行って皆で作らないかい？」

「あらいいわねぇ、今日は皆で作って少しずつ持ち帰りましょうよ」

「それは良いわ、メニューの種類が多いとうちの人喜ぶのよ」

ワイワイと騒ぎながらも物事が決まっていく。

関係のない世間話も多いのだが、これが井戸端会議というものなのだろう。

「私もたまにはレッドに料理を振る舞えるようになれたら楽しいよね」

「拙者が料理をできるようになれば、虎姫様は喜んでくれるでしょうか？」

リットと葉牡丹も別の目的でやる気を出している。

ティセとうげうげさんの２人も最近料理に凝っているようだから、ワクワクしている様子だ。

そして俺も料理は好きだから、当然楽しみだ。

＊　　＊　　＊

コットン・パールマンは中年の女性で、下町の中でも特に大きな家に住んでいる。

コットンさんの夫であるロンズディル・パールマンの先祖は貴族の家系で、財産を多めに相続した代わりに家を出たそうだ。

なので、ロンズディルさんは庶民なのだが、その時の財産を元手に石工会社を設立し当時はゾルタンの石材需要の大半を取り仕切っていたらしい。

今はそれほど大きな会社ではないが、凝った装飾が施されたその3階建ての大きな家は当時の興隆をうかがい知ることができた。

「うちのキッチンで良ければ好きに使ってくれて良いわよ」

コットンさんはニコニコしながらそう言って俺達を家に招き入れてくれた。

「立派なキッチンですね」

案内されたキッチンを見て、俺はそう素直に感想を言った。

「昔はメイドがたくさんいて、ここで料理していたそうなの。今は私しか料理しないから宝の持ち腐れね」

キッチンは、５人は余裕を持って同時に作業できるような設計になっている。

年季は入っているが、しっかり手入れされていた。

「しばらく使ってなさそうな箇所もしっかり手入れしていますね、これだけ広いと手入れも大変でしょうに」

「ふふ、ありがとう。私は掃除が趣味みたいなものだから。でも子供が小さかった頃は家中もっと掃除のやりがいがあったのよ、今では埃《ほこり》を払うばかりで物足りないわ」

コットンさんはそう言って笑っていた。

「それじゃあ一緒に作っていこうか！」

ナオさんが声を上げた。

料理スキルがなくとも、ゾルタンの母親達が料理をする姿は豊富な経験を感じさせるものだった。

さすがだ、とても勉強になるな。

俺達は母親達の話を聞きながら、色んな料理の作り方を覚えていったのだった。

幕間《まくあい》

魔王と兵士

夜。クロノガン川対岸の町。

酒を飲んで寝ていたハーモンは、背筋に走る悪寒で目を覚ました。

義勇兵としてゾルタンを離れてから6年。

戦場で生き残り続けて身につけた危険を察知する感覚だ。

慌てて窓の外を見ると、遠くで火の手が上がっている。

ハーモンは荷物袋から望遠鏡を取り出し覗《のぞ》く、これも戦場で支給されて以来頼りにしてきた道具だ。

「ま、魔王軍残党だ！」

彼の目に映ったのは、槍《やり》を持った大柄のデーモン。

「ソルジャーデーモン！　魔王軍本隊の生き残りじゃないか！」

町を襲っているオーク達を指揮しているのはソルジャーデーモンという怪物だ。

魔王軍のデーモンの中では下位の存在だが、それでも魔王軍本隊で5人程度の分隊の指揮を取ることもある指揮官級のデーモンだ。

「くそっ！」

ハーモンは慌てて鎧《よろい》の下に着る分厚い布地の服を着る。鎧を身に着けている暇はないが、無いよりはマシだ。

それから愛用してきたバスタードソードを手にすると部屋を飛び出した。

「パールマンさん！」

部屋を出ると怯《おび》えた表情の宿の女亭主がいた。

「盗賊の襲撃があったみたいで……とにかくお客を起こしてるんです」

「盗賊じゃない、魔王軍の残党です」

「そ、そんな……戦争は終わったのに！」

女亭主は絶望した表情を見せた。

「泊まっている人を起こして避難してください」

「はい……！」

ハーモンの言葉に女亭主はうなずく。

恐怖で混乱していたが、歴戦の兵士であるハーモンの言葉には頼もしさがあった。

彼の言う通りにすれば助かると思わせる力があった。

その時、隣の部屋の扉が開く。

「敵襲か」

「そのようですね」

「タラスクンさん！　ビュウイさん！」

扉から出てきたのはタラスクンとビュウイ。

2人はすでに剣を持ち戦う姿をしていた。

「魔王軍の残党が出た！」

「ふむ、危険な状況だな」

「どうします？」

ビュウイの問いかけにタラスクンは白い歯を見せてうなずいた。

「我らで防ごう」

タラスクンにとって魔王軍とは力で支配していた敵だ。

指揮を外れて暴れる輩は成敗の対象だった。

「よし、まずは衛兵隊に合流だな。多分混乱してまともに動けていないだろうから、俺達で指揮系統を回復させよう」

そう言ったのはハーモン。

タラスクンは目を見張って先頭に立とうとするハーモンを見た。

「君も一緒に来るのか？」

「当然だろ、俺は魔王軍と戦う兵士だったんだ」

「残党とはいえ敵はこの町の防衛戦力より強大ですよ、せっかく戦争で生き残ったのにまた死中に入ろうというのですか？」

ビュウイの口調はハーモンを気遣っていることがはっきり分かる。

だが、ハーモンは首を横に振った。

「魔王軍の強さも恐ろしさも俺が一番よく分かってるんだ、今も怖くて怖くて震えが止まらない」

「ならば君も避難するといい」

「だからそれを知っている俺が戦わなくちゃいけないんだよ!!!」

ハーモンは迷いなくそう言い放った。

「……ほぉ！」

タラスクンはその勇気に目を輝かせた。

「見事だ！　このタラスクン、君の勇気に感服した。ぜひ共に戦わせてくれ」

「最初からそう言ってるじゃないか！　早く行こう！」

剣を手に走り出したハーモンの背中を見て、タラスクンは笑う。

「ビュウイ、あの男を死なせるなよ」

「もちろんです。あれほどの豪傑に『歩兵』の加護しか与えない神の目はやはり節穴ですね」

「全くだ、あれこそが勇者の背中であるというのに」

この夜、街を襲ったのは30人余りのオークと1体のソルジャーデーモン。

多少の被害は出たものの、ハーモン、タラスクン、ビュウイの活躍により魔王軍残党は全滅した。

3人の名はこの町を救った英雄として、石碑に刻まれたのだった。

第三章　勇気と平和と日常と

翌日。

レッド&リット薬草店。

朝食の味見をした俺は、その出来栄えに満足してうなずいた。

「燻製《くんせい》肉とにんにくのスープ、バゲットと燻製チーズ添え」

これが今日の朝食。そして昨日の成果。

気温と湿度の高いゾルタンでは、余った肉などの食材を長持ちさせるために燻製にする。

燻製肉はゾルタンでは一般的に見られる家庭料理だ。

「薬草を直接食べるために使うのではなく香り付けに使うか……盲点だったな」

ウッドチップと一緒に薬草を一房燃やす。

すると清々《すがすが》しさを感じる風味が食材にプラスされるのだ。

「葉はハーブティーや薬草卵に使って、茎や根を燻製に使うのがいいだろうな」

もちろん薬の材料に使って、残った部分を燃やしてもいい。

それに、使う薬草の種類によって風味も違うだろう。

捨てるはずの部分を料理に利用できるというのは、良いアピールポイントになるはずだ。

「しかしハムやベーコンはよく使っていたのに、日々の料理で燻製を作るって習慣は無かったな」

ゾルタンに慣れたようでも、まだ知らないことはたくさんある。

それが楽しい。

「そろそろルーティ達が来る頃かな」

ちょうどそう考えたタイミングで「カラン」と店の入口のベルが鳴った。

今日も1日が始まる。

*　　*　　*

食卓には俺、リット、ルーティの3人が座っている。

朝食は大好評だった。

屋台料理として見た場合でも、燻製は作り置きができるため提供の時間を短縮することができる。

薬草卵と同じで屋台料理向きだ。

これでルーティの屋台のメニューも揃《そろ》ったな。

「お兄ちゃんは今日どうするの？」

「今日は早めに店を閉じてストサンのところに行くつもりだよ」

「そう」

「どうした？」

ルーティは何か考えていることがあるようだ。

「どうした？」

「お昼に少しだけ付き合って欲しい所がある」

「少しくらいなら構わないが、どこか行きたい所があるのか？」

「うん、コットンさんの家。お礼が言いたい」

「そうだな、ちゃんとお礼とメニューが決まったことを報告するのは良いことだ」

ルーティがこうして色んな人と交流を持とうとしているのは嬉《うれ》しいことだ。

この1年でルーティの世界は本当に広くなった。

「リット、お昼の間お店のことを任せてもいいか？」

「もちろん！　私の分もお礼を伝えておいてね」

「ありがとう」

せっかくだから、お礼とお土産に薬草を使った燻製肉を作っていくか。

＊　＊　＊

お昼。

パールマン邸。

「わざわざありがとうねぇ」

コットンさんはニコニコしながらそう言った。

テーブルには酔わないように薄めたワインと俺が持ってきた燻製肉が置かれている。

「とても美味《おい》しいわ、祭りの時もぜひ遊びに行かせてもらうわね」

「お礼を言いに来たのに」

お礼に来たはずなのに、逆にお礼を言われてルーティは戸惑っているようだった。

好意には好意が、感謝には感謝の感情が返ってくる。

そういうコミュニケーションも、これからルーティは理解していくのだろう。

お兄ちゃんとして妹の成長が嬉しくもあり、楽しみでもある。

「昨日、子供の話をしていたけど今はいないの？」

ルーティが言った。

何を話していいか分からなくなって、ルーティなりに世間話をしようとしたのだろう。

「この家に今住んでいるのは2人？」

ルーティは、別にこの家について調べたわけではない。生活の形跡から何人住んでいるか予測したのだ。

「今は私と夫の2人……前は息子もいたのだけれどもね。今年でもう25歳になるの。小さかった頃はヤンチャでよく衛兵隊のモーエンさんに怒られていたわ」

「悪い子だった？」

「そうねぇ、年上の子とも喧嘩《けんか》しちゃうような子だったわ。でも曲がったことが嫌いで、妥協することが苦手だった」

コットンさんは遠い目をして思い出を語る。

「ゾルタンでは珍しいタイプ」

「ふふ、そうね私もよく謝りに言っていたわ、でも私に手を上げたことはもちろん、声を荒らげたこともなかった、自分を慕う仲間にもそう。17歳になった時にはモーエンさんから直々に衛兵隊に誘われて予備役として訓練もしていたの」

「更生した」

ルーティの素直な言葉に、コットンさんは面白そうに笑った。

「真《ま》っ直《す》ぐだけど世間を知らなかった子供だったのに、私のことを気にして部屋を散らかさないようにしてくれる立派な大人になった……嬉しいことだけど、寂しいことでもある」

「どういうこと？」

「あの子は私達夫婦より立派だったのよ、６年前に魔王軍との戦争で人類が苦戦していると聞いて、義勇兵として戦争に行くためにゾルタンを出ていった」

「義勇兵……」

ルーティは言葉をなくした。

戦場でどれほどたくさんの兵士達が死んでいったか、ルーティも俺もよく知っている。

「１人でいるとどうしても不安になってしまうから、こうして人が来てくれるのは嬉しいのよ」

コットンさんと話したことはあまり無かったが、俺もパールマン家の一人息子が義勇兵として戦争に行ったことは聞いていた。

不安の色を瞳に浮かべているコットンさんを励まそうと、俺が話そうとした時。

「私も、コットンさんの子供が無事帰ってくることを願ってる」

「……ありがとう、優しいのね」

ルーティは気休めの励ましを言えなかった。

無責任に生きていると言えるような戦場ではないことを知っていたからだ。

だけどその言葉は、心から相手を気遣っていることが伝わるものだった。

口下手なルーティが、それでもこのゾルタンで多くの人に慕われるようになったのは、ゾルタン最強の冒険者だからではなく、この優しさからなのだろう……。

コットンさんは目を細めて微笑《ほほえ》んでいた。

その時。


ドンドンドンドン！


ドアノッカーの音がした。

軽く叩《たた》くだけでも十分音が出る玄関のドアノッカーを力いっぱい叩きつけている大きな音だ。

「はいはい、どなたですかー」

コットンさんは困ったような表情で立ち上がる。

「お兄ちゃん」

「ああ」

俺とルーティも一緒に立ち上がった。

ただならぬ雰囲気を感じ取ったからだ。

「念のため俺達も一緒に行きましょう」

「そう？　たしかにこんなことは普段は無いのだけどねぇ」

コットンさんも不安になっているようだ。

俺達は3人で玄関に向かう。

その間もドアノッカーは激しく鳴り続けていた。

「はいはい」

「コットン姉さん！　大変なんだ！」

「あら、この声はルーちゃんかしら？」

「ルーちゃん？」

「義甥《おい》よ、歳は私とあまり変わらないけれど」

扉を開けると痩せた中年の男が顔を真っ赤にして立っていた。

その手には手紙が握られている。

「どうしたのルーちゃん、そんな慌てて」

「コットン姉さん！　戦争が終わったんだよ！」

「え？」

その言葉に、俺とルーティも驚いた。

「待ってくれ、ちゃんと説明してくれ」

思わず聞いてしまった。

男は手紙を広げて俺に見せる。

「義勇兵として戦争に行っているせがれからの手紙だよ！　連合軍が勝ったんだ!!」

手紙の文字に目を通す。

『勇者』ヴァンに率いられた連合軍が魔王軍最後の拠点となっていた旧フランベルク城を攻略し魔王軍は壊滅したことが書かれている。

俺が知っている情報と照らし合わせてもおかしなところはない。

「本物の手紙だと思う」

小声で言ってルーティもうなずいている。

「じゃあ……私の息子も帰ってくるのね」

「そうだよ！　盛大に迎えてやらないと!!」

コットンさんは自分の両手で顔を覆った。

そうか、ついに魔王軍に勝利したのか……！

*　　*　　*

戦争で焼け野原となった町の跡で、アッシュジャイアント《灰の巨人》の集団と、２人の剣士と１人のバスタードソードを構えた兵士が戦っていた。

「ハーモン、左から来るぞ」

「おおっ!!」

ハーモンはリーチの長い剣を突き出しアッシュジャイアントを牽制《けんせい》する。

さらに、アッシュジャイアントの魔法で操作された死体の群れには上から剣を叩きつけて転倒させる。

そうしてハーモンが守っている間に、タラスクンとビュウイの剣が嵐のように暴れまわり、巨人を斬り伏せていった。

（戦場跡にはモンスターが増えるって言うけどこんな怪物が現れるなんて！　戦争は終わったのに、神様はまだ試練を与えるってのかよ！）

戦争は終わりゾルタンへの帰路を歩きながら、それでもハーモンは戦いを続けていた。

ここでモンスターを倒さなければ、この焼け野原となった町へ帰ってきた人々が犠牲になるかもしれないのだから。

ゾルタンに帰る前に、まだやれることがあるとハーモンは感じていた。

＊　＊　＊

コットンさんの家を出た後、俺はリット、ティセを呼び、葉牡丹《はぼたん》の住んでいる家に向かった。

「そうか……」

虎姫は「ふぅ」と深く息を吐いた。

上級デーモンの能力で作られた虎姫の顔は人形のように整っている。

療養中のためか儚《はかな》さも感じられた。だが、その瞳だけは燃えるような意思の強さが隠しきれず現れていた。

俺達が葉牡丹の家まで来たのは、ここで療養中の虎姫に戦争の終結を伝えるためだ。

魔王軍に追われている葉牡丹と虎姫にとって、この大陸から魔王軍が駆逐されたことはとても重要な情報だ。

「虎姫様」

「ああ、喜ぶべきことだ……それに魔王軍が敗北することは魔王軍で四天王をやっていた私が一番よく分かっていた」

「それでも浮かない顔だな」

少なくとも魔王が軍を率いてゾルタンに来るというルートは途絶えたというのに、虎姫の表情は複雑そうだ。

「我々はタラスクンとアスラどもに葉牡丹様を人質に取られ従わされて戦争を行っていた」

「ああ、それを聞いて驚いたよ」

魔王軍の本隊であるデーモンの士気は人間の軍隊のそれよりずっと高かった。

普通ならとっくに潰走している状況でも踏みとどまって戦い続けるソルジャーデーモン達の姿は、敵ながら理想の兵士の姿だと評価する騎士もいたほどだ。

だがそれは、上級デーモン達の命令に逆らえないよう加護が作られていたからだった。

この戦争は、デーモン達にとっては望まない戦争だったのだ。

「この戦争で我々の同胞が数え切れないほど死んだ。誰かを守るわけでもない、偽りの魔王に服従する尖兵《せんぺい》として、誇りなき侵略者として、我々は惨めに死んでいった」

「虎姫様……」

「私はいつか必ず魔王を討つ。この戦争で失われた命の報いを受けさせてやる」

「その時は拙者も必ずお役に立ちます、どうかこの葉牡丹をお側《そば》に置いてください！」

「ありがとう、そのためにも貴女《あなた》は加護のレベルを上げ知識と経験を積んで強くなって欲しい」

「はい!!」

「ゾルタンにいる間は、勇者ルーティとその仲間達からよく学ぶのだ。彼女達の強さは必ず貴女の力となる」

不思議な光景だ。

魔王軍の元四天王と魔王の後継者が魔王を討とうと志し、人間の元勇者に教えを乞う。

これはきっと、デミス神の書いた筋書きには無い物語だろう。

「ルーティ殿、また戦い方を教えてください！」

「うん、いいよ」

だが、見方を変えればおかしなことではない。

王位を簒奪《さんだつ》され国を奪われた姫と将軍が亡命し、外国で力をつけて王位を取り戻す。

むしろ王道の戦いだ。

魔王だの勇者だのは加護に決められているに過ぎない。

葉牡丹達の戦いは葉牡丹達の意思によって決まるのだ。

そして葉牡丹達の戦いの中で、俺やルーティは2人が旅立つ時まで守り導く……導き手ということになるのだろうか？

ならばきっと葉牡丹達は本当の意味で勇気ある者、勇者なのだ。

＊　＊　＊

『魔王』の加護とは、究極の悪として暗黒大陸にいる悪の種族を統治し、『勇者』と戦う役割を持つ。

虎姫や葉牡丹から聞けた情報、騎士であったことや調べた知識、勇者のパーティーの一員として見てきたもの、このゾルタンで遭遇した『勇者』についての騒動……それらをまとめて考察して出した『魔王』という加護の役割についての俺の結論がそれだ。

加護はデミス神が作った。

その目的は初代勇者だったアスラの魂を再現すること。

『魔王』が我々の大陸を侵略した記録があるのは『勇者』が生まれている時代のみだ。

このことを教会の人間は、〝神は人を見捨てなかった〟と解釈しているが何のことはない、『勇者』がいなければ『魔王』は暗黒大陸から出てこなかったのだ。

『勇者』が人々を救うのは、初代勇者がそうだったからというだけであり救世は手段でしかない。

そもそも悪の加護を作っているのもデミス神なのだから、人を救うのが目的なら『勇者』が悪の加護に絶対負けないくらい強くなければならない。

『導き手』のように最初から加護レベルを高くすることだってできるはずだ。

『魔王』は『勇者』に初代勇者と同じ経験をさせるために作られた敵だ。

そして『勇者』がいない時に、善と悪どちらの勢力とも滅びないようバランスを保つ存在だ。

虎姫の話によると本来の魔王が魔王軍においてどういう立場かというと、君臨するのが仕事で実質的な国家運営は四天王によって行われるそうだ。

魔王に求められるのは加護の強さだけで、葉牡丹が屋敷から出ることなく育ったのも魔王が代替わりして魔王候補となる氏族の姫や王子の中から魔王として加護が覚醒するからだ。彼女達は加護の容《い》れ物であって、王としての教育は必要ない。

俺達はヴァンの加護が変化するという奇跡を知っているが、魔王側はそれがシステムとして組み込まれている。

似ているようで両者は違う気がする。

本来、葉牡丹の父親である憤怒の魔王サタンが持っていた『魔王』は、加護を持たないアスラ王のタラスクンに奪われた。

虎姫はそう語ったが、加護を他人に譲渡することができるとは考えにくい。

理由はあの古代人の遺跡で見た光景。

あの遺跡にあった物は、古代人が加護を解析できたことを示していた。

加護を譲渡する方法があるのなら、〝勇者管理局〟を作って『勇者』を生涯幽閉し続ける必要など無かったはずだ。

それらを踏まえて考察すると、つまり、『魔王』は加護とは違う何かを取り込むことで得られる力。

葉牡丹達魔王候補の氏族が持っている加護には、その何かと反応して衝動を変える性質がある。

それが俺とルーティが議論した結論だ。

だが、謎が1つ残る。

『魔王』の力を取り込んだだけに過ぎない魔王タラスクンは、何が目的でこの大陸を侵略したのだろうか？

＊　　＊　　＊

葉牡丹の家を出た後、俺達はそれぞれ自分の仕事場へと戻った。

ここはゾルタン、別にこのまま午後は閉店ということにしたとしても誰かから怒られるということもない。

来店があったとしても、皆のんびりしているからまた明日来ればいいと納得してくれるだろう。

「でも、こんなに嬉《うれ》しいニュースなら来てくれたお客さんにも伝えないと！」

リットが言った。

「そうだな！　お祝いにクッキーでも配るか！」

戦争が終わった。

あの絶望的戦況から、ついに人類は勝利したのだ。

そしてその勝利にこのゾルタンも関わっている。

連合軍勝利の契機となったサリウス王子や勇者ヴァンの参戦も、このゾルタンでの出来事がなければ起こらなかっただろう。

「前線に援軍を送ったりはしなかったが、このゾルタンに住む人が精一杯やったことは意味があった。皆で喜ぶのに十分な理由だろう？」

「うん！　今年の収穫祭はますます盛り上がりそうね！」

「お祭り好きのゾルタン人だ、そりゃもう大騒ぎのお祭りになるな」

「そうなれば当然、お財布の紐《ひも》もゆるくなるよね」

リットがニヒヒと笑った、商売人の顔だ。

俺もつられてニヒヒと笑う。

騎士とお姫様だった頃の俺達なら考えられない表情かもしれない。

多くの悲劇を産んだ戦争が終わったのだ。

喜びや安堵《あんど》、そして戦後の混乱と復興をどうするか、そのことで頭が一杯になっていただろう。

あの頃とは違う……俺達はこのゾルタンで別の人生を歩んでいる。

平和に暮らしているからこそできる能天気さ。

それでも、このゾルタンで幸せに暮らそうとしたことがこの戦争を終わらせた一助となった。

俺達が世界を救ったわけではない。

でも、俺達が平和に暮らそうと努力したことは世界にとって価値のあることだった。

きっとこの世界で生きる誰もがそうなのだろうと、俺は思ったのだった。

＊　＊　＊

日も落ちた頃。

俺とリットは慌てて通りを走っている。

「やばい、店が盛り上がりすぎてすっかり夕方になってしまった」

「ストっちのお店もとっくに閉まってるよね！」

俺達が向かっているのはストームサンダーの店。

今日は店を早めに閉めて、薬の容器の打ち合わせに行く予定だったのに遅くなってしまった。

やっと到着したが案の定、店の扉に掛けられた〝本日閉店〟の看板が風で揺れている。

俺は申し訳ないという気持ちを込めて控えめに扉をノックした。

「ストサン、遅くなってすまん。俺だ、レッドだ」

ドッ、ドッ、ドッという重い足取りの足音が近づいてきた。

ガチャリと扉の鍵が開く。

「よぉぉぉ」

「ス、ストサン……」

扉から出てきたのは目の下に大きなクマを作り、頬をゲッソリと痩《こ》けさせたストサンだ。

見るも無惨、こうも変わり果てるとは。

オーバーワークは良くない。

「遅かったなぁぁ」

「ごめん、お店の方が盛況で閉めるのが遅れたんだ」

「そりゃ良いこった、お互い忙しくて嬉しいよなぁ」

「は、はは……」

徹夜続きのテンションなのか、目をギラギラさせたストサンは少し怖い。

ストサンに案内され、俺達は店の中に入り奥の作業室へと移動する。

作業室は不眠不休で仕事をしていたことが一目で分かるほど荒れ果てていた。

俺達は散らばっているものを踏んづけないように気をつけながら、奥のテーブルへ進む。

「こいつが完成したボトルだ」

ストサンはテーブルに置かれた2本のボトルを手に取り、俺とリットにそれぞれ渡した。

「試作品なのに2つも作ってくれたのか」

「まぁ事情があってな」

「事情？」

「それはいいから、まず出来上がったものをちゃんと見ろよ」

手に持ったボトルはスケッチ通りの出来栄えだ。

印象に残りつつも目立ちすぎない程度の模様の出来はスケッチ以上。

絵の具が使われているのは鳥の目の部分に小さく描かれた赤色のみ。

だが、その赤が白っぽい木材の色の中で際立ち、遠くからでも存在を感じることができるだろう。

また、ボトルは絶妙な加減で磨かれ手に馴染む。

粘着するわけでもないのに手に吸い付くような心地よさがあり、これなら手からすべり落ちないような気さえする。

まるで熟練の職人が作った剣の柄のようだ。

手に馴染む良い柄を持つ剣による斬撃は普通の剣の威力の何倍にもなることがある。

「試作品だから中はくり抜いていないが、デザインや使用感は分かるだろ？」

「ああ、想像以上だ」

「私もすっごく気に入っちゃった」

これならお客さんも気に入ってくれるだろう。

さすがストサン、偉大な職人だ。

「気に入ってくれたようで何より、俺も鼻が高いぜ」

ストサンは良い仕事ができたと満足げだ。

これは報酬にちょっとくらい色をつけないと……。

「いや、報酬は予定通りでいいぞ」

「おや？　がめついストサンにしては謙虚じゃないか」

「俺がいつがめつくしたんだよ！」

「俺が値引きお願いしてもあんまり下げてくれないじゃないか」

「安物のベッドを30分も粘る方ががめついだろうが！」

ごもっとも。

「今回の仕事は俺にとっても道が開けるような仕事だったんだよ」

「どういうことだ？」

俺が首を傾《かし》げていると。

「あれってこの間作ってた鏡台？」

リットが作業室の奥にある布で覆われた家具を指差して言った。

「はい、ご覧になりますか？」

「え、いいの！」

「もちろん、リットさんには特別です」

疲れ果ててもお得意様のリットへは揉《も》み手を欠かさない。

大したものだ。

ストサンは鏡台に近づき布を外した。

「むぅ?」

俺とリットは同時に首を傾げた。

以前見た時よりも大人しく無難な印象に仕上がっている。

やはり俺達の仕事を頼んだせいで仕上げる時間が足りなかったのだろうか?

「ちょいとボトルを貸してくれ」

「あ、ああ」

ストサンは俺とリットからボトルを受け取ると、鏡台のテーブルに置いた。

「おお!」

俺とリットは、また同時に声を上げた。

2本のボトルが置かれた途端に印象が変わったのだ。

「すごい、ボトルを置いた途端に調和して、これだけでまるで素敵な部屋の一部を見ているみたい、素敵だわ!」

「目利きのリットさんにそう仰《おつしや》っていただけるのなら私も自信が付きます」

ストサンは営業スマイルを崩して、心底嬉しそうに笑っている。

「この鏡台、テーブル部分に少しだけくぼみがあるんだな……これは化粧品を置く場所を示しているのか」

くぼみは浅く、鏡台の左右に配置されている。

「リットさん達の依頼で作ったボトルは私にとっても会心の出来でした。これに化粧品を入れて私の鏡台に置けば、とてもいい絵になるなと思うほどで……」

ストサンは鏡台の縁を指で撫《な》でた。

「家具とは家具のみで使われるのではありません。これは鏡台のみで完成するのではなく、小物まで並べてお客が利用している状態をもって完成とする家具なのです」

なるほどなぁ。

普通なら客が自由に置くところを、こちらから指定して使いやすさや部屋との調和を最大限に表現するのか。

「それでボトルの試作品を2つ作ったのか」

俺の言葉にストサンはうなずいた。

「職人が使い方を指定するのは傲慢かもしれません。これが家具の完成形だと言うつもりもありません。ですが職人《おれ》から客へと贈る答えの1つがこの鏡台なんです」

「ストっちすごい！」

祭りの展示販売というのは普段の商売とは違うやり方でモノを作れるチャンスでもある。

客のオーダーに従って家具を作ってきたストサンにとって、自分の考える最高の状態で家具を使わせることは新しい挑戦だ。

ストサンはこれまで見たこともないような満ち足りた表情を見せている。

「良い物作ったな」

「おう」

俺の言葉に、ストサンは胸を張ってそう答えたのだった。

「それでレッド、頼みがあるんだ」

「展示販売する時に使う化粧品だろ？」

「ああ、実際に座って使ってもらうのが一番だからな。女性なら誰でも使うような定番の化粧品を用意して欲しい……今一俺は化粧品は分からんからなぁ、用意してもらったものでどう配置するのが良いか考えたいんだ」

「了解、リットにも意見を聞いて明日には届けるよ……今日はもう休んだ方がいい」

「そうか？　何なら今からお前の店に取りに行っても」

「途中でぶっ倒れるぞ」

不眠不休の仕事でピークを超えて麻痺《まひ》しているだけで、ストサンの肉体には休息が必要だ。

「その様子じゃ食事も最低限しか取っていないんだろ？　キッチン借りていいか？」

「えっ」

「すぐにできる料理……スープがいいかな、まぁ何か作るよ」

「それじゃあ私は部屋を片付けるね」

リットは道具や木くずが散乱している作業室を見渡しながら言った。

「リ、リットさんが!?　お客さんにそんなことしてもらうなんて悪いですよ」

「いいのいいの、私達が頼んだ仕事のために頑張ってくれたんだもの。私、とても感謝しているのよ」

「俺もだよ、ありがとうストサン」

「……へへ、じゃあお言葉に甘えるか」

そう言って、ストサンは嬉《うれ》しそうに笑っていたのだった。

＊　　＊　　＊

それから俺は、貯蔵庫にあった卵とジャガイモでスープを作りストサンに振る舞った。

そこで麻痺していた疲労が戻ってきたようで、ストサンはうとうとしはじめた。

今頃はベッドの中でぐっすり眠っているだろう……ストサンが作ったベッドは寝心地も

最高だからな。

「これで収穫祭に出店する準備も一段落か」

「あとはストっちが数を作ってくれればバッチリだね」

隣を歩くリットは、そう言って空を見上げた。

「今日は満月、秋の夜空は綺麗《きれい》だね」

「ああ、とても綺麗だ」

どちらから言い出したわけでもなく、俺達は近くのベンチに座った。

「最初の頃に比べて、お店の課題をすんなり解決できるようになった気がするな」

「収穫祭の準備も、もう少しバタバタするかなって思っていたんだけどね」

最初リットが言い出した時は、ギリギリまで時間がかかって当日にようやく商品が並ぶ、なんて状況も予想していた。

「店の経営に慣れたのかな？」

「うーん」

俺の言葉を聞いて、リットは指を唇に当て考える。

月明かりに照らされた横顔がとても可愛《かわい》い。

「店というよりゾルタンに慣れた、かな」

「なるほど」

リットの答えに、俺はうなずいた。

「誰に相談すれば良いのか、ゾルタンの人達がどう考えるか、そして何より力を貸してくれる人も増えた」

「うんうん、私達もすっかりゾルタンに馴染《なじ》んだよね」

平和で怠惰な暮らしにもすっかり慣れた。

「そもそも！」

リットがビシッと指を立てる。

「以前の私達なら来週に迫った収穫祭に参加しようなんて考えなかった！　絶対もっと前々から準備してた！」

「そりゃそうだ」

俺達は笑う。

騎士も冒険者も準備をおろそかにしたら死んでしまう職業だ。

収穫祭に出るとしても、何かトラブルが起こっても対処できるように余裕を持って計画する。

今回だってストサンに断られていたら、自分達で容器を作ることになって四苦八苦していただろう。

そうなっていたら時間もギリギリだっただろうし、あんな良いボトルはできなかった。

「それはそれで楽しかったと思うけどね」

「そうだな、きっと楽しかっただろうな」

リットと一緒なら苦労も失敗も楽しめる。

リットと一緒に目的に向かって頑張るということが果たせている時点で俺達は幸せだ。

「レッド」

リットがそっと体を寄せてきた。

「夜になると冷えるね」

「ああ、冬を感じるな。そろそろ仕舞《しま》っている冬用の上着を干さないと」

俺はリットの肩を抱き寄せながら答えた。

「上着はもう少し後でもいいんじゃない？」

「そうか、結構寒いよ」

「だって、寒くなってもこうやって温まればいいじゃん」

リットも俺の体に腕を回して温《ぬく》もりを分け合えるくらい密着する。

「いつもこうしているわけにはいかないだろ？」

俺はリットの頭に自分の頬をくっつける。

リットの温かい体温を感じる。

「それに上着を着ていても寒い日は多いから」

「そういう日はくっついていいの？」

「あ、ああ……」

リットの頬は赤い。

「寒いから赤くもなるもん」

リットは首のバンダナの中に赤くなった頬を隠した。

その仕草が可愛くって、俺はリットの体をギュッと抱きしめた。

「別に寒くなくても、こうしているのは幸せだよ」

「ふふ、仕方ないなぁ。それじゃあ上着出すことを許可しましょう」

リットは笑ってそう言った。

「その代わり、ちゃんと私のことを抱きしめてね」

そう上目遣いで言ってくるリットに、俺は顔が見られなくなるほど照れてしまった。

「あ、照れた」

俺が顔をそらしたのを見て、リットは楽しそうにからかってきた。

抱きついたまま顔をそらした俺の顔を見ようとリットは俺の膝の上へモゾモゾと移動する。

リットの顔だって照れていた。

その時。

カシャン……。

遠くで音がした。

「……！」

俺とリットは慌てて離れる。

それから、少し乱れた服を直した。

その間も音は、カシャンカシャンと近づいてくる。

「鎧《よろい》の音？」

リットが言った。

「多分な」

俺も同意する。

「でもこれフルプレートの音だよね？」

「こんな時間にゾルタンの中をフルプレートを着て歩くのは変だな」

衛兵や冒険者の中には常日頃から鎧を着ている者もいるが、それも急所を守る程度の動きやすい鎧だ。

こんな音を立てるような重い鎧を着て夜道を歩くなんて普通ではない。

「しまったな、今日は剣を持ってきてない」

「私もこれだけ」

リットは懐から投げナイフを取り出す。

俺は1本受け取った。

十分とは言えないが無いよりはマシか。

こういう時にコモンスキルにある格闘系スキルを取った方がいいのかとは思うが、素手は『武闘家』など固有スキルなしにはまともに戦えるものじゃない。

当然のことだが、剣は拳より強い。

俺とリットはすぐに動けるよう構える。

……何が来るのか。

カシャン、カシャンと歩く音が近づいてきた。

そして夜の闇の中から歩く鎧が現れた。

「……！」

違和感にすぐ気がついた。

あの動きは人間のものじゃない。

それどころかあの鎧は中身がない。

彷徨う鎧《リヴィングアーマー》。

呪われた鎧が独りでに動き出すモンスターだ。

鎧は俺達の前で足を止めた。

顔を覆うバイザーの奥には、空っぽの闇しか見えない。

「…………」

「…………」

パカッとバイザーが開いた。

そこには。

「「うげうげさん!?」」

俺達もよく知る小さな蜘蛛《くも》が、右前脚を上げて挨拶していた。

第四章 それぞれの冒険にでかけよう

「ほぉー、鎧の中に蜘蛛の糸を張り巡らせてカラクリ人形みたいに操作しているのね」

うげうげさんの入っていた鎧の中を覗《のぞ》き込み、その複雑で効率的な仕組みにリットは感心している。

「鎧は見た目より軽いタイプだが、うげうげさんの小さな体で動かせるなんてすごいな」

俺達が褒めると、うげうげさんは嬉《うれ》しそうに体を揺らした。

「それにしても何で鎧を着てたんだ？」

当然の質問だ。

うげうげさんは鎧に潜ると、鎧の足で地面に絵を描いて説明した。

「ふむふむ、うげうげさんが人のところに行っても駄目。でも、鎧の姿なら良い……なるほど、知らない人間に会う必要がある時はこうしているのか」

鎧の頭がコクコクとうなずいた。

これならうげうげさんを知らない人ともコミュニケーションできる。

さらに、うげうげさんは鎧の隙間からカードを取り出した。

「『冒険者の身分証!?』」

書かれてあったのは冒険者〝ああああ〟という文字。

さすがの俺とリットも目を丸くするほど驚いて何度も見返してしまった。

「Eランク冒険者ああああ。ゾルタンの冒険者ギルドがいい加減なのは知っていたけど、まさかうげうげさんが偽名で冒険者登録できるとは」

「登録通したの誰だろう……マックスさんあたりかな？」

「あー、あの人書類読まずにサインする時あるからなぁ」

まぁ過去を必要以上に詮索しないのもゾルタンの風習だし、Eランク冒険者としての身分証くらいなら悪用できることも少ない。

実際、ゾルタンの冒険者達は俺がこれまで見てきたどの町の冒険者より治安が良い。

「この身分証を見せれば、とりあえず信用してもらえるだろうし人間の振りして行動するには十分か」

器用なうげうげさんでも喋《しゃべ》ることはできないが、そこは上手《うま》くやるのだろう。

戦うだけが冒険ではない、自分の今持っている能力で問題をどう解決するかが冒険なのだ。

そう考えるとしっかり冒険者している気がしてきたな。

「ティセとは一緒じゃないの？」

リットの疑問にうげうげさんは首を横に振った。

「うげうげさんは結構1匹で行動することも多いんだ」

「いつもティセと一緒にいるイメージだったけど、うげうげさんにはうげうげさんの冒険があるんだね」

俺も前にうげうげさんとグリフォンにさらわれた馬を取り戻す冒険をしたことがある。

ティセとうげうげさんは親友でありパートナーだが、対等な関係でそれぞれの人生と蜘蛛生を生きているのだ。

「それで一体人間の振りをしてまで何か調べていることがあるのか？」

うげうげさんはまた地面に絵を描いた。

「ふむふむ……最近森で深夜原因不明の火事が起きて森の動物達が困っている。頼まれたうげうげさんが昨夜調べたところ原因は分からなかったが人間がいた。さっき冒険者ギルドに行ったら森の不審火について近くの村から依頼が出ていると聞いたから、きっと人影は調べている冒険者だろう。今夜は人間の姿で冒険者に近づいて話を聞きたい……かな？」

「そんな複雑な情報よく分かるね」

リットは驚いているようだった。

だが俺もうげうげさんとは仲が良いのだ。

うげうげさんの考えていることも、身振り手振りでなんとなく分かるようになった。

「そういうことなら、私も一緒に行こうかな！　私って結構頼りになる冒険者よ」

ガチャンとうげうげさんの鎧が揺れた。

中からうげうげさんが出てきて、ピョンピョン跳ねた。

「俺もパーティーに入れてくれないか？　こう見えて元勇者のパーティーメンバーだったんだ、頼りになるぞ」

俺もおどけて言う。

うげうげさんは両前脚を振り上げ、嬉しそうに揺れていた。

＊　＊　＊

今夜のパーティーは、英雄リット、薬屋レッド、そして頼れる蜘蛛のうげうげさん。

「……♪」

うげうげさんは仲間ができて楽しそうだ。

その様子を見ているだけでも、一緒に来て良かったと思う。

ちなみに、うげうげさんが着ていた鎧は俺の店に置いてきた。

鎧は人間の振りをするためのもので、俺とリットが仲間にいるのならそりゃ必要はない……ちょっと残念だが。

それに、うげうげさんにとって鎧を歩かせることは問題ないようだが、走ることはとても疲れるらしい。

左右の足どちらかを地面につけ重心を上手く操作することで、小さなうげうげさんでも人間サイズの鎧を動かせているのだろう。

鎧のままだと移動に時間がかかるのもあり、俺とリットが剣を取りに行ったついでに置いていったのだ。

「残念だなぁ」

俺よりも、リットはずっと残念がっている。

「〝鎧うげうげさん〟がどんな戦い方をするのか興味あったのに」

〝鎧うげうげさん〟なんて名前までつけちゃって。

俺の肩にいるうげうげさんは困った様子で俺を見上げた。

「今度手合わせしようよ！」

「リットがうげうげさんと⁉」

無茶《むちゃ》を言う。

だがうげうげさんは乗り気なようで、元気に前脚を揺らしている。

「本当！　やった！」

リットは嬉しそうに言った。

まぁガチの手合わせではなく技を見せ合う遊びになると思うし大丈夫か。

うげうげさんは戦いに興味があるわけではない。

手合わせ自体に面白さを感じているわけではないだろう。

それでもうげうげさんが喜んでいるのは、友達のリットの感情ががっかりしていた状態から喜びへと変わったからだ。

この優しい蜘蛛は友達の感情に共感することができる。

友達が嬉しそうなら自分も嬉しい。

森の動物から頼まれたこの冒険だって、悲しんでいる友達を喜ばせたいからなのだろう。

だから、うげうげさんは強いのだ。

＊　　＊　　＊

夜の森。

月明かりも遮られ、森の中はランタンが無いと足元も見えないほど暗い。

だが音は別だ。

夏の虫の騒々しさとは違う、どこか寂しさを感じる虫の声が森に響いていた。

「モンスターはいないな」

ランタンを持っているということは、森のモンスターに自分の居場所を教えているようなものだが襲ってくる気配はない。

うげうげさんがチョコチョコと俺の肩を叩《たた》いた。

「森のモンスターにとっても火事は困るか」

事件を解決しようとしている俺達のことは静観してくれているようだ。

人の依頼を受けて冒険する時には見られない状況だな。

面白い体験だ。

「こっちから人の気配がする」

リットが真剣な表情で言った。

うげうげさんが見かけたという冒険者か？

俺も気を引き締めて意識を切り替える。

「ランタンは消して行くか？」

「うーん、変に脅かして警戒されるのも嫌だしこのまま行った方がいいと思う」

「そうだな、うげうげさんもそれでいいか？」

俺はうげうげさんの意思も確認する。

今回の冒険のリーダーはうげうげさんだ。

「……！」

うげうげさんも同じ意見のようだ。

俺達は森の獣道を進む。

しばらく歩くと気配が動いた。こちらに気がついたのだろう。

「おーい」

俺から声をかけた。

立ち上がった影は太った男性か。

「俺達はこの森の不審火を調査している冒険者だ、そちらも冒険者か？」

「そうです、俺も冒険者です」

返事がきた。

ランタンの明かりが届き冒険者の男の顔が見える。

太ってお腹《なか》の出ている男で、腰に戦斧《せんぷ》を差していた。

「やはりか、そちらも同じ調査をしていると考えて間違いないか？」

俺は友好的に近づこうとする。

夜の森での遭遇だ、盗賊と勘違いされないよう気をつけないと。

「ひぇ!!」

だが男は俺の顔を見て叫び声を上げ、慌てた様子で踵《きびす》を返した。

同時にリットも叫ぶ。

「あいつ人間じゃない！」

俺も顔と動きを見て気がついた。

「アックスデーモンか！」

人間に変身したデーモン。

かつてビッグホークが悪魔の加護を作るために召喚していたアックスデーモンの生き残りだ！

「距離はある、だが！」

俺は快速スキルマスタリー〝雷光の如き脚〟を起動し、一気に間合いを詰める。

状況が分からないから殺すのは早計だな、まず足を打って動きを止める！

逃げようとしているアックスデーモンの足を狙い俺は剣を抜いた。

「待った‼」

小さな影が闇の中から飛び出してきた。

剣と刀がぶつかり火花が散った。

追撃は……できなかった。

「……葉牡丹《はぼたん》⁉」

アックスデーモンを庇《かば》って俺の剣を受け流したのは、忍者装束を着た葉牡丹だった。

「このアックスデーモンは拙者の仲間なんです、どうか剣を引いてください！」

「分かった」

驚きながら、俺は言われた通りに剣を引く。

「ふぅ、ありがとうございますレッド殿」

葉牡丹も刀を鞘《さや》に納めた。

「いや俺の方こそ攻撃してしまってすまなかった」

葉牡丹に怪我が無いことを確認し、俺は安堵《あんど》のため息を漏らした。

「ひぃぃぃぃ」

アックスデーモンは人間の姿のまま、腰を抜かして尻もちをついている。

「レッド！　一体何があったの!?」

リットも追いついた。

葉牡丹はアックスデーモンを引き起こすと、ニッコリと笑った。

「紹介します！　拙者の仲間のフランク殿です！」

「あ、そ、その、どうも、フランクです」

男はペコペコと何度も頭を下げた。

「葉牡丹の言ってた仲間のフランクってアックスデーモンだったのか」

怪しいとは思っていたが本当に怪しいヤツだった。

「ビッグホークの手下がまだ残っていたとはな」

ビッグホーク。契約の悪魔《コントラクトデーモン》と契約し、サウスマーシュ区の住民を率いてゾルタンの王となろうとした男。

去年リットと一緒に戦い、その結果ルーティがゾルタンに来ることへと繋《つな》がった。

あの時はビュウイという青年に化けたアスラのシサンダンもいたな。

シサンダンはリットやルーティにとって最大の敵と言っても良い強敵だったが、あいつがいたからこそ今のスローライフがある。

人生とは何が起こるか予想できないものだ。

「フランク殿は盗賊ギルドの集金係として働いていたんです」

ずっと人間に紛れていたのか。

「元ビッグホーク派は冷遇されていましたから、紛れ込むにはちょうど良くて」

顔すら覚えてもらえない下っ端の盗賊は身を隠しながら生活するのに一番良いだろう。

「だが、ゾルタンに留《とど》まった理由はなんだ？　一体何が目的で潜んでいたんだ？」

アックスデーモンは下級デーモンで、デーモンの中では強い種族ではない。だが、それでも並の冒険者では太刀打ちできないほど強いし、強力な軍隊のいない小さな町なら１人で滅ぼすこともできるだろう。

そんな怪物がこのゾルタンに1年も潜んでいた理由とは……？

「フランク殿はスローライフをしてたんです」

「はい」

葉牡丹が理由を説明し、アックスデーモンはうなずいて肯定した。

え、スローライフ？

「デーモンが？」

「勇者の兄なのにスローライフしているあなたがそれ言いますかい？」

言い返されてしまった。

たしかにそれはそうか。

「いやいや、平和的なデーモンなんて聞いたことないぞ、大体お前だってビッグホークの召喚に応じてゾルタンに来たんだろう」

「まぁそりゃそうなんですがね、デーモン召喚ってのは術者が死んじゃうと元の場所に戻れないんですよ」

「ああ、デーモンを召喚した魔法使いが死んで、自由になったデーモンが悪いことを企《たくら》むって事件もあるな」

「こんなところで放り出されて、どうやって暗黒大陸に帰れって言うんですかってんですよ」

「魔王軍と合流すれば良かったんじゃないか？　あの時はまだ支配域も多かったろう」

「魔王軍に行ったら帰るどころか捨て駒同然に使われて死んじまいますよ」

下級デーモンも色々大変なんだな。

「下手に暴れて勇者に見つかってもお終《しま》いでしょ？　なのでこうして下っ端盗賊としてここそ生きるしか無かったんでさ」

アックスデーモンは大げさな身振りで大変だったんだとアピールしている。

ふーむ、たしかに大人しくしていたが。

「でもあなた、状況が許すなら暴れて奪うような仕事していたでしょ」

「いやいやそんなことは……」

リットから指摘され、アックスデーモンは目を泳がせている。

悪いことができない状況だっただけで、こいつは善人では決して無い。

ただまぁ。

「葉牡丹の部下になったのならいいか」

魔王の娘という最上級のデーモンである葉牡丹に、下級デーモンであるアックスデーモンは逆らえない。

忠実な部下として振る舞うだろう。

いつか葉牡丹が王国を取り戻すために旅立つ時、頼れる従者の1人としてこのアックスデーモンも側にいることになる。

……でもデーモンは個体差が少なく加護の上下関係がはっきりしているので、上級デーモン達が仲間に揃《そろ》ってきたらアックスデーモンのフランクは主力から外れそうだな。

なんだか親近感が湧いてきたぞ。

「葉牡丹の部下だというのならいいだろう。フランクと名乗っているんだよな、知っていると思うが俺はレッド、こちらは婚約者のリット、それに友達のうげうげさんだ。ゾルタンにいる間はよろしく頼む」

「は、はい！　よろしくお願いします！」

フランクはペコペコ頭を下げている。

デーモンという悪の種族を人々は恐れている。

アックスデーモンも、魔王軍の侵攻前からこちらの大陸にいる個体が残虐な傭兵《ようへい》や盗賊として悪名を馳《は》せていた。

それがまさかこんな姿が見られるとは。

「話を戻すけど、私達は森の不審火について調べているの。葉牡丹達も同じという認識でいい？」

リットの質問に、葉牡丹はうなずいた。

「はい、拙者達は冒険者ギルドの依頼を受けて調べています。これも虎姫様から仰せつかった修行です」

「どの依頼を受けるかは虎姫が決めているのか」

「今の拙者の実力に合った依頼を選んでくれています」

なるほど、なら魔王軍元四天王の経験からは、場違いな強敵は出てこないと判断したんだな。

「それなら安心だ、分かっている情報を共有したら調査を進めよう」

「「はい！」」

2人は元気に返事をした。

これでパーティーは、英雄リット、薬屋レッド、頼れるうげうげさん、魔王の娘忍者葉牡丹、スローライフなデーモンフランクの4人と1匹。

変わった仲間が増えたことに、うげうげさんも楽しそうに飛び跳ねていた。

＊　＊　＊

夜の森、焼け野。

森火事のあった場所は黒く炭化した草木で覆われていた。

「まだ熱がある、うげうげさんは気をつけて」

了解という表情をして、うげうげさんは俺の肩から飛び降りた。

だが地面には着地せず空中で静止する。

蜘蛛《くも》の糸は便利だな。

「俺はうげうげさんと一緒に歩いて調べるから、皆も何か気がついたことがあったら教えてくれ」

「「了解」」

俺達は手分けして焼け跡を調べていった。

見た所、特に変わった所のない火事の跡だ。

リットや葉牡丹も、「魔法の痕跡は見られない」と言っている。

「戦闘で火事が起きた痕跡もないな」

火事の印象としては火元があって燃え広がったという、とても自然な火事だ。

その火元がありそうもない森の奥だということを考えなければだが。

その時、うげうげさんが何かに気がついた様子でバタバタした。

「ん、どうしたうげうげさん？」

うげうげさんが前脚で地面を指している。

「……これが火元か」

それはありふれた物。

だが人の手の無いこの森の奥においては、あり得ない物だ。

「薪《まき》だ」

燃えて炭になってしまっているが、不自然さにはすぐ気がついた。

それはこの森には自生していないはず。ゾルタン人が外国から持ち込み植林したシルバーオークの木だ。それも丸太から適度な大きさに切り出され十分に乾燥されている。

間違いなく、自然には存在しない薪だった。

「なぜこんなところに」

普通に考えれば人間がここに来たということだろうが……。

「焚《た》き火をした形跡はない、薪は数本だけか」

どういうことだ？

俺とうげうげさんが２人で悩んでいると。

「あ！」

フランクが大きな声を上げた。

声の方へ視線を向けると、フランクが地面を掘り返している。

「どうしたの？」

「土ネズミだ」

何か見つけたのだろうか、リットも調査の手を止めフランクを見ていた。

「土ネズミ？」

フランクが掘り出したのは1匹の死んだネズミ。

「地面の中で焼かれていい感じですぜ」

そう言って、フランクは口を開けるとネズミを放り込んだ。

「ちょっと腐ってるけど美味《うま》い！」

フランクは満足そうに咀嚼《そしゃく》している。

「うげぇ」

リットが顔をしかめた。

俺も同じ顔をしているはずだ。

人間の姿に化けているだけで、やはりデーモンだなぁ。

「ん、どうしたうげうげさん？」

うげうげさんがうつむいて考え込んでいる。

「なぜ土ネズミが地面に潜っていたのかって？」

うげうげさんはコクコクとうなずいた。

それから身振り手振りで疑問点を俺に伝える。

「あのネズミが地面に潜るのは敵に襲われた時の習性で、火事なら真《ま》っ直《す》ぐ地上を逃げるはず……か」

うげうげさんの疑問はもっともだ。

薪とネズミ……この違和感に答えがあるはず。

しばらく考え込み……。

「……そうか！」

俺は1つの可能性に行き当たる。

「レッド殿、何か分かったのですか？」

「ああ、多分な。急いでこの森に一番近い集落に行くぞ」

「え、森を出るんですか⁉」

驚いている葉牡丹に、俺は笑いかける。

「次にこの森のどこで火事が起こるのかは分からないが、犯人はその集落に必ず来るはずだ」

＊　＊　＊

森から1キロメートルほど離れた場所にある集落。

家の数からすると人口は20人程度だろう。

すでに夜も更けているので、集落の人達は眠りについているようだ。

村の中心には明かりが灯《とも》っている。

このような小さな集落では、夜の間にモンスターや盗賊に襲撃された時に視界を確保するため、ああして常に薪を燃やしている。

「レッド、この村に犯人がいるの？」

リットの言葉に俺は首を横に振った。

「いや、まだ来ていないようだ」

「来ていない？」

「今は隠れて待とう」

俺達は明かりを囲むような形で隠れた。

虫の音だけが響く中、俺達は待ち続けた。

1時間くらい経《た》った頃……。

「!!」

夜空に浮かぶ月を黒い影が横切った。

来たか！

「……！」

俺は仲間達に合図を送る。

まだ待機だ。

あれが犯人だと確信はしているが、実際に行動を起こす所を確認しなければ。

果たして空を飛んでいた影……火盗鷹《ファイヤーホーク》が音もなく急降下してくる。

燃える炎の中に足を突っ込むと、中から両足の鉤爪《かぎ》で摑めるだけの薪を摑み空へと飛び上がろうとした。

「それで狩りをしていたんだな！」

俺は剣を抜きながら飛び出した。

火盗鷹《ファイヤーホーク》は鳥のような姿をしたモンスターで、人間の起こした火を盗みそれを使って狩りをする。

森で火事を起こし、炎から逃げ惑う動物達を襲って食べていたというわけだ。

「……！」

火盗鷹《ファイヤーホーク》の判断は迅速だった。

燃える薪を俺達に向けて蹴り飛ばし、同時に空へと羽ばたきながら急加速する。

空は自分達の領域。

それがどれほど鋭かろうが、地を這《は》う人間の剣は届かない。

そう思っていたのだろうが……それは甘い。

「……！」

火盗鷹《ファイヤーホーク》の目に驚愕《きょうがく》の色が浮かぶ。

「残念だったな、俺達も跳べるぞ！」

俺、リット、葉牡丹の3人が火盗鷹《ファイヤーホーク》へ迫っていた。

すでに張られていたうげうげさんの糸を足場に、俺達は鳥が飛ぶ高さまで跳び上がったのだ。

軽業スキルを持つ俺、軽戦士系の加護であるリット、忍者の葉牡丹。

空中戦も対応できる3人だ。

「はぁぁ！」

「とりゃあああ！」

「お覚悟！」

俺達3人の連撃。

防御する隙間すらなく、火盗鷹《ファイヤーホーク》は斬られ墜落していった。

＊　　　＊　　　＊

「あいてて」

フランクはおでこをさすりながら呻《うめ》いた。

火盗鷹《ファイヤーホーク》の蹴り飛ばした薪がおでこに当たってしまい、火傷《やけど》とたんこぶを作っている。

モンスターである火盗鷹《ファイヤーホーク》の脚力は危険で、並の人間なら骨折することもある攻撃だったのだが、アックスデーモンのフランクにとってはたんこぶができる程度のダメージで済んだようだ。

フランクも決して何もしていなかったわけではなく、俺達が空中戦をしている間、うげうげさんといっしょに蹴り飛ばされた火の付いた薪で家が燃えないように薪を集めていた。

破壊が得意なのがアックスデーモンだったはずだが気が利く動きをする。

フランクの個性だろうか。

お陰で村にはボヤ程度の被害すらなく、無事に事件を解決することができた。

「火盗鷹《ファイヤーホーク》は寒さに弱い。それで越冬するために南へ渡る習性があるんだが、ゾルタンに来るのは珍しいな」

俺は記憶を呼び起こしながら説明した。

戦ったことの無いモンスターだ。ゾルタンで被害があったという話も俺は聞いたことがない。

本来はゾルタンより西の地方の海沿いに行くものだと思っていたが……群れからはぐれたんだろうか？

「火盗鷹《ファイヤーホーク》ですかい、こっちにもいるんですね」

そう言ったのはフランク。

火盗鷹《ファイヤーホーク》の羽を血に浸してしゃぶっている。

うげぇ……。

「ここは集落の中だぞ」

もっと正体を隠す努力をしろ。

だが伝わらなかったようで、フランクはキョトンとしていた。

よく今日まで人間でないとバレなかったもんだ。

ここで話す内容でもないし俺達は集落の外へと移動した。

「暗黒大陸にも火盗鷹《ファイヤーホーク》っているんだ」

リットの言葉にフランクはうなずく。

「こっちよりも多いんじゃないですかね。あっちの地上は農業より遊牧が主産業なので、火盗鷹《ファイヤーホーク》も暮らしやすいんじゃないんですか？　俺もよく追い払ってましたよ」

暗黒大陸は全体的に土地が痩せているそうだ。

そのため地上では遊牧が発達したが、地底で育つ特殊な作物を使った農業も生まれ地底に王国を築く種族が発展したという。

「それじゃあ火盗鷹《ファイヤーホーク》に詳しいのか」

「まぁそうっすね。それで、あいつらって渡りのルートを外れることがよくあるんですよ」

「そうなのか？　何か理由があるのか」

「ええ、あいつら渡り鳥の癖に、普通の鳥ほど方向感覚が良くないんですよ」

「ほぉ」

「だから、あいつら渡る時は普通の鷹の群れに混じってついていくんですよね」

「そんな習性があったのか」

火盗鷹《ファイヤーホーク》が方向音痴というより、渡り鳥の方向感覚がずば抜けているのだろう。

地図もなく空を正確に飛ぶ渡り鳥の感覚は人間や大抵のモンスターの能力を超えている。

「そんで群れに混じって自分は普通の鷹でございますって顔してるんですが、図体《ずうたい》もあんなにでかいしたまーにバレるんですよ。そうすると普通の鷹は皆逃げちまって、火盗鷹《ファイヤーホーク》は独りぼっちで迷って違う土地に来ちまうんです」

「なるほどな、それでゾルタンにやってきたのか」

「多分ですがね。つまりまぁここに他の火盗鷹《ファイヤーホーク》はいないと思いますってことです。今のを倒して解決したんじゃないかと思います」

火事を起こすモンスター。

動物だけでなく人間の子供を襲うこともある。

その習性は、森の動物達や人間にとって危険なものだ。

うげうげさんの目が何かを訴えるように俺を見た。

倒すしか無かったが……俺は火盗鷹《ファイヤーホーク》の死体をギルドには引き渡さず、森に埋葬することにした。

騒々しいこの森の一部となれば、きっと孤独を感じることもないだろうから。

＊　＊　＊

アヴァロニア王国領地内、森の奥にあるダンジョン。

ハーモンはランタンを掲げてダンジョンを進む。

地下に張り巡らされた広大な迷宮。

侵入してからかなり時間が経っていて、ハーモンにはもう今が昼か夜かも分からない。

兵士として戦ってきたハーモンにとって、地下ダンジョンの探索は未知の経験だった。

「だけど、これほど巨大な墓を誰も知らなかったなんてにわかには信じられないな」

ハーモンは汗を手で拭いながら言った。

「地下にあるものは目に見えぬ、だから死者は地下に埋められるのだ」

「よく分かんねぇよ」

タラスクンの言葉に、ハーモンは首を横に振った。

「ここは先代勇者の墓なんだろ？　世界を救った大英雄の墓だってもっとアピールすればいいじゃないか」

秘匿の魔法で隠されたこの地下施設の名は、勇者の墓。

数百年前に魔王と戦い、人間の時代をもたらした先代勇者が眠る場所だ。

「先の通路に3体」

ビュウイが警告した。

3人は剣を構えて前進する。

現れたのは体中に杖《つえ》の刺さった痛々しい巨人と這いつくばる怪物。

皮膚の上にはドクドクと脈動する血管が握りこぶしほどに膨張している。

「伝説の『賢者』リリス様がこんな化け物作ってたなんて、何度見ても信じられない」

先代勇者の仲間であり、最初の王国であるガイアポリス王国を建国した人類の国母である『賢者』リリス。

先代勇者の墓の中で跋扈《ばっこ》するこの怪物達は、タラスクンによれば巨人を生きたまま改造したモンスターだと言う。

自然からエネルギーを得る巨人の性質を利用し、封印された地下墓地の中で半永久的に働き続ける番兵として徘徊《はいかい》しているそうだ。

「リリスは世界を救い、支配した傑物です。これくらいしますよ」

ビュウイは微笑を浮かべながら言った。

ハーモンは眉をひそめたが、襲いかかる巨人の攻撃を躱《かわ》し冷静に相手の防御を崩す。

そこにビュウイが一撃加え、リリスの改造巨人すらよろめくほどの深い傷を負わせた。

この先代勇者の墓にいるモンスターは決して弱くない。

国家級のAランク冒険者パーティーでも苦戦するだろう……つまり英雄リット以上の実力を要する怪物。

ただの兵士であるハーモンにとって遥《はる》か格上のモンスターだ。

にも拘わらず、ハーモンは怖気《おじけ》づくことなくタラスクン達の戦いを援護している。

魔王軍という格上との戦いを生き抜いてきた経験が、ハーモンに加護を超えた強さを身につけさせていた。

「やはり素晴らしい」

最強の魔王であるタラスクンと勇者やダナンとも渡り合った大剣士ビュウイにとっても、ハーモンの援護は心強く感じるものだった。

地下墓地で崩落の危険があるような大規模攻撃は使えない。

巨人の能力も、この地形で戦うことに特化して改造されていた。

相手が有利なこの状況で戦うのは、魔王であっても緊張するものだった。

2人はハーモンを仲間だと認めるほど評価していた。

戦闘は無事に終わった。3人とも無傷で勝利する。

「はぁぁ、疲れた」

ハーモンは剣をだらりと下げて言った。

だが普通ならとっくに疲れて動けなくなるくらい戦っている。

戦場で身につけた体力の使い方なのだろうと、タラスクンは感心していた。

「悪い、ちょっと休ませてくれ」

「ああ構わない、君が一緒に来てくれて助かっているぞ」

「そうかい？　だったらいいんだが……しかし先代勇者の仲間がねぇ」

「まだ納得いかないか？」

「まぁ俺は戦場で『勇者』の後ろで戦ったことがあるんだ、命も救われたよ。だから『勇者』ってモノが特別なんだ」

「『勇者』と共に戦ったことがあるのか」

「ルーティ様さ。あの人は疲れず戦い続けていた、だから俺も少しでもついていけるよう長く戦えるようになったんだ」

「『勇者』ルーティか、すごい活躍だったそうだな」

「ああ、向こうは兵卒の顔なんて覚えちゃいないだろうけど……憧れたよ。今の俺が役に立つっていうのなら、きっとあの時見た『勇者』ルーティのおかげだ」

ハーモンは懐かしそうに目を細めた。

「でもその『勇者』ルーティも行方不明で、戦死したって言われてて」

「戦争だからな、どんな英雄でも命を落とすことはある」

「皆のために先頭に立って戦って、傷ついて……なのに報われず死ぬなんて、あまりにも悔しいじゃないか」

「……そう思ってくれる者がいるから、きっと勇者は戦えるのだろうさ」

その時、怪物の咆哮《ほうこう》と女性の声が聞こえた。

「何だと？」

タラスクンも驚いて声を発した。

魔法で隠されていたこの先代勇者の墓に、自分達以外にも入り込んでいる者がいるとは。

「戦闘中ですね、どうします？」

「状況は分からんが放っておくわけにはいかんな。ハーモン、連戦だがいけるか？」

「誰かの危機なら戦うさ、俺は『勇者』の兵士だからな！」

ハーモンは着ている鎧《よろい》を叩《たた》いた。

ビュウイはその様子を見て笑う……本心からの笑みだ。

3人は戦闘をしている音の方へと走る。

梯子《はしご》のかかった縦穴を飛び降りた。

そこではクオータースタッフを持った女性のハイエルフと、大きな帽子を被った魔女が5体の巨人を相手に戦っていた。

「助太刀する！」

まずタラスクンが飛び出し、その後ろからビュウイとハーモンも続いた。

「誰だか知らないけど助かるわ！」

ハイエルフは巨人の一撃を受け流しながら印を組む。

「ソーンバインド！」

石の床から緑の茨が飛び出し3体の巨人の体を縛る。

「ほぉ、『木の歌い手』か」

その隙にタラスクンとビュウイが巨人の首をそれぞれ落とした。

仲間を殺され怒ったのか、巨人はハイエルフに向けて腕を振り上げる。

「危ない！」

その背中に飛び降りてきたハーモンの剣が突き刺さった。

巨人が暴れ、ハーモンは吹き飛ばされて地面を転がった。

剣は巨人に刺さったままで、無防備なまま敵中にいることにハーモンは背筋が凍った。

「ポーラレイ」

魔女の指から放たれた白銀の光が巨人を貫き、その体が凍りつく。

最後に残った巨人が、せめて1人だけでもとハーモンを襲うがすでにタラスクンとハイエルフがフォローに入っていた。

巨人はハイエルフのクオータースタッフで膝を砕かれ、動きが止まったところをタラスクンの刀によって斬り裂かれた。

「ふぅぅぅ」

さすがに肝が冷えたのか、ハーモンは座り込んだまま息を吐いた。

「大丈夫？」

座り込むハーモンにハイエルフが声をかけてきた。

銀色の髪と木の葉のような耳の先に揺れるアクセサリーが特徴的な美しい女性だ。

「情けないところを見られちまったかな」

助けるつもりが助けられてしまったと、ハーモンは苦笑している。

「いいえ、とても勇敢な一撃だったわ。ありがとう」

ハイエルフは頭を下げた。

高貴な種族であるハイエルフが頭を下げたことにハーモンは慌てて立ち上がる。

「お礼ならあっちのタラスクンさんとビュウイさんに言ってくれ！　俺はハーモン・パールマン、ただの兵士だ」

「タラスクン……？」

ハイエルフは一瞬表情をこわばらせたが、すぐに朗らかな笑顔に戻した。

「私はヤランドララ、よろしくね」

ヤランドララはさらに奥にいる仲間の魔女を手招きする。

魔女は妖艶な笑みを浮かべると。

「『冬の魔女』バーバ・ヤーガよ、よろしく勇敢な兵士さん」

先代勇者の墓にて英雄達が邂逅《かいこう》する。

その最中にいるハーモンは何も知らない。

＊　　＊　　＊

ヤランドララの張った結界が辺りを覆う。

「これで少しは休めるはずよ」

「なるほど、『賢者』の作ったモンスターに精霊魔法の結界は相性が良いだろうな」

タラスクンはうなずいた。

賢者は魔法使いが使う秘術魔法と僧侶の使う法術魔法の両方が使えるが、精霊魔法は使えない。

「なぁ、ヤランドララさん」

ハーモンが恐る恐るといった様子でたずねた。

「ハイエルフで『木の歌い手』のヤランドララって言ったらもしかして、勇者パーティーのヤランドララ様なんですか？」

ヤランドララは値踏みするようにハーモンの目を見た。

視線がぶつかったのは数秒ほど。

好奇心と憧れの目をしたハーモンは、視線をそらさずヤランドララの目をじっと見つめ返した。

ヤランドララは微笑した。

「そうね、あまり長い期間では無かったけれど、たしかに私はルーティと一緒に戦ったわ」

ヤランドララが勇者パーティーにいた期間は、ロガーヴィアでの戦いから土の四天王デズモンドとの決着まで。ギデオンが追い出された後を追って、ヤランドララもパーティーを離脱している。

それでも、迷いの森を突破しロガーヴィア公国を救ったことや、アヴァロニア王国とカタフラクト王国の歴史的な和解の立役者の1人として、その活躍は戦場で戦う兵士達を勇気づける伝説だった。

「お、お会いできて光栄です!!」

立ち上がって敬礼しようとするハーモンを、ヤランドララは苦笑しながら押し留《とど》めた。

「今はただの冒険者よ、そんなことよりも一体なぜこの勇者の墓に人間がいるの？　この墓は魔法によって隠されている。私だってバーバ・ヤーガの助けがなければたどり着けなかったわ」

「いや俺は友達が危険な場所に行くって言うからついてきただけで」

ハーモンはそう言ってタラスクンを見た。

ヤランドララはタラスクンの方へと向き直る。

「私はこの墓に眠る先代勇者の遺品を手に入れなければならない、そのためにこの墓を調べに来た……こちらからも質問をしたい」

タラスクンはヤランドララの隣で微笑する魔女バーバ・ヤーガの顔を見た。

「貴殿は先代勇者パーティーの1人だった『冬の魔女』バーバ・ヤーガ殿とお見受けするが如何《いか》に？」

ゆっくりと魔女の口が開いた。

「はい、たしかに。私は先代勇者の仲間だった者、その果てを見届けた魔女」

『冬の魔女』バーバ・ヤーガ。

アヴァロン大陸で語られる数々の伝説に登場し、世界に3組しかいないSランク冒険者パーティーのうちの1組、秘匿同盟《ひとくどうめい》のリーダー。

「先代勇者の仲間⁉　何百年も前の話だろ⁉」

ハーモンが驚いて叫ぶ。

「時を超越することなど、世界を救うことに比べたらそう難しいことではありません。『賢者』リリスもこうして巨人達に不死を与えているではありませんか」

バーバ・ヤーガの言葉も、ハーモンはよく分かっていない様子だ。

純朴なハーモンにバーバ・ヤーガはクスリと笑った。

「先代の勇者の仲間と今代の勇者の仲間が共にいるとは、なんと面白い」

「ふふふ、ええ、実に面白い。やはり運命だけは神の手の外にあるのでしょう」

含み笑いをするタラスクンとバーバ・ヤーガに対し、ヤランドララは露骨に嫌な顔をした。

「勝手に納得して笑っておしまいにするのは強者の悪い癖よ、情報はちゃんと仲間に共有しなさい」

タラスクンとビュウイはヤランドララの言葉を聞き、今度は声を出して笑う。

「すまん、たしかにその通りだ」

「私もやってしまいますね、今後は気をつけましょう」

よほど面白かったのかタラスクンはしばらく口を開けて大笑し、それから真面目な表情に戻った。

「私とビュウイは勇者の遺品を必要としているが、君達はなぜここに？」

「魔王について調べるため」

「戦争は終わったのではないか？」

「世界のために調べているんじゃないわ、私の大切な友達のためよ」

ヤランドララの言葉に、タラスクンは「ほぉ」と感心した表情を見せた。

「それで調べていたらバーバ・ヤーガのところに行き着いてね」

「私は勇者の旅を最後まで見届けた者、暗黒大陸にも渡り魔王とも戦いました」

「しかしここは先代勇者の墓。魔王について調べるにはあまり関係のない場所では？」

ビュウイの質問にバーバ・ヤーガは首を横に振った。

「リリスは魔王について理解していました。ですが、その知識が害になると知ったあの女は誰にも渡さずこの墓の中に封印したのです」

「ふむ」

「私はあの女が独占したモノが欲しい。ヤランドララの力があれば、このダンジョンの攻略も可能だと判断し私はここにいます」

タラスクンは顎をさすりながら考えをまとめる。

「つまり我々の目的は対立するものではないということだな」

「ええ、そうね」

ヤランドララも同意した。

「私は、このダンジョンを攻略するまで即席だがパーティーを組もうと提案するが、どうだ？」

「いいわ、さっきの戦いでお互い実力者なのは分かっているし」

「私達のパーティーにはスペルユーザーが不足していましたから心強いですね」

「あらそう？　あなた達2人は魔法もかなり使えそうだけど」

ヤランドララの鋭い視線に、タラスクンとビュウイは笑みを浮かべる。

協力はするが信頼はしない。

お互いにそれを理解している。

「はぁ、強い人が考えることはよく分からないな……お互い奥歯に物が挟まったような言い方してさ」

ハーモンが言った。

目的は共有しても、その目的の物を手に入れて何をしようとしているのかは誰も明かさない。

ただ1人ハーモンは居心地の悪さに肩をすくめた。

「なぁバーバ・ヤーガさん、1つ聞かせてくれ」

「何かしら？」

「勇者のパーティーはこうじゃなかったんだよな？　『賢者』リリスさんとも旅をしていた時は仲良くやれていたんだろ？」

そこに信頼関係があったはずだと、ハーモンは願望を込めて言う。

だがバーバ・ヤーガは首を横に振った。

「最初はあったかもしれません。でも私達の信じた希望《ゆうしゃ》が加護に操られるだけの空っぽな人形だと気がついた時、同時に気がついてしまった。私達は真の仲間などではなかったと」

ハーモンにはよく分からない話だったが、微笑を浮かべるバーバ・ヤーガの目に絶望があるように見えたのだった。

1時間の仮眠の後、パーティーは探索を再開した。

激しい戦いや恐ろしい罠《わな》を乗り越え、ついにパーティーは先代勇者の眠る棺へとたどり着いた。

タラスクンとビュウイは〝勇者の証《あかし》〟を。

ヤランドララは〝リリスの封印した書類〟を。

バーバ・ヤーガは〝勇者の亡骸《なきがら》〟を。

ハーモンは〝勇者が使っていたというだけの普通のコンパス〟を。

彼らが目的のものを得て先代勇者の墓を出た時には、すでに外は明るくなっていた。

＊　＊　＊

昼。レッド&リット薬草店。

昨夜の冒険を終え、今日は平和に作業室でゴリゴリ音を立てながら薬を作っている。

薬草の在庫が少なくなってきたが、この後ルーティが届けてくれる予定だ。

ルーティの薬草農園で採れる薬草も質がかなり上がり、山で採れる薬草より効果が高くなっている。

ルーティは赤字に悩んでいるようだが、薬草農園のことはゾルタンの医者や薬師の間で評価が高まってきておりこれから注文が増えていくと俺は予想している。

「よし、これで1週間は大丈夫だろう」

並んだ薬を見て俺は満足する。

「ストサンに頼まれた化粧品も揃《そろ》ったし、ルーティの薬草を受け取ったら配達行ってくるか」

そう言って窓を見た途端。

「ふわぁ」

俺はあくびをしてしまった。

昨晩は遅くまで起きていたからか。

前は眠らなくても疲れが表に出ないよう訓練していたが、戦争で戦う技術が錆《さ》びついているなぁ。

「剣の鍛錬も趣味程度にしかやっていないし、このままじゃすぐに薬屋のおじさんになってしまうな」

髭《ひげ》を生やし、ちょっとお腹《なか》の出た俺がカウンターで店番をしている姿を想像してしまう。

「うーん、リットの前では格好良い体でいたいな」

うげうげさんに冒険する時はまた誘ってくれるように頼んでおくか。

そんなことを考えながら薬を棚に片付けていると。

「お兄ちゃん」

店の方からルーティの声が聞こえた。

来てくれたか。

俺は作業室を出てルーティの下へ向かう。

店には背中に鞄《かばん》を背負ったルーティが立っていた。

「薬草を届けに来た」

「ありがとう、待っていたよ」

さっそく作業室で薬草の検品をする。

「うん、どれもいい薬草だ」

「嬉《うれ》しい」

この薬草はルーティの成長の証だ。

俺は嬉しい気持ちになりながら薬草の代金を渡す。

「さて、俺はこの後配達に行くつもりだけどルーティはどうする？　帰る前にお茶でも飲んで行くか？」

「お兄ちゃん外に行くの？」

「ああ、ストサンのところに頼まれた化粧品を届けに行くつもりなんだ」

「どれくらい時間がかかる？」

「ん？　いや渡すだけだからすぐだな。ストサンは俺達が収穫祭で出す薬のボトルを作っていて忙しいだろうから邪魔せず帰るつもりだよ」

そうだ、ついでにサンドイッチでも作っていくか。

この間の様子からすると食事を作る時間も惜しんでいるようだしな。

「お兄ちゃん、それならお願いがある」

「お願い？」

「お兄ちゃんは昨日うげうげさんと冒険していた」

「ああ、珍しい体験ができたよ」

「ずるい、私とも冒険して欲しい」

「え」

「ゾルタンに来てから、お兄ちゃんと私が一緒に冒険した回数は少ない、ずるい」

「そうだっけ？」

「うげうげさんに負けている」

「……言われてみればうげうげさんと一緒に行動したこと結構ある気がする」

まぁルーティが出るなら俺が手伝わなくても解決しちゃうしなぁ。

「私は今日冒険者ギルドから依頼を受けている、半日で終わる簡単な冒険だと思う。お兄ちゃんにも手伝って欲しい。報酬は山分け」

うーん、ルーティの冒険に俺の力が必要か必要じゃないかと言われたら、まったく必要じゃないのだろうが……。

「薬草農園はティセが見なくてはいけない、私1人だと大変」

ルーティがそう説得してくるのを見ているといじらしくなってきた。

そうだな、可愛《かわい》い妹の頼みだ。

ルーティが必要だと言えば必要なのだ。

「分かった、俺もパーティーに入っていいか？」

「うん！　お兄ちゃん大歓迎」

ルーティは頬を緩め俺の手を取って笑った。

＊　＊　＊

ストームサンダー家具店。

俺はルーティと一緒に依頼された化粧品とサンドイッチの入った鞄を持ってやって来ていた。

「開業中か」

店を休んで仕事をするほど切羽詰まった状況ではなくなったということか。

「いらっしゃいませー！　なんだレッドか」

だがドアベルが鳴ってからストサンが出てくるまでいつもより時間がかかっていた。

やはり普段より根を詰めて作業をしてくれているのだろう。

だから、わざわざ配達に来たのに〝なんだ〟とか言われても気にならない。

「クソ忙しいのによく来たな」

「頼まれていた化粧品用意してきたが、忙しいなら出直すか」

「待て待て!!」

ストサンは慌てて俺を引き止めた。

「ちょっとしたジョークだろうが、いつものことだろ」

「これから妹と冒険に出る約束があるんだ、おっさんハーフオークの依頼なんていくらでも後回しにしてやるぞ」

「悪かったって……今日はこれからルーティちゃんと一緒なのか」

「そう、これからお兄ちゃんと大冒険」

ルーティは胸を張っている。

可愛い。

「というわけで、検品を早く済ませよう」

「はいはい、誰の依頼で忙しくしてると思っているんだ」

お互いに軽口を言い合いながら仕事をする。

こういう友達ができたのもゾルタンに来てからだ。

ちょっと感慨深い。

「こっちがクリームでこっちが口紅。クリームは誰にでも合うような刺激の少ないもの。口紅の方は夜の明かりで際立って見える色を調合してきた」

「ほぉー化粧のことはさっぱりだが、よく分かるな」

「俺にはリットがいるからな、相談に乗ってくれたよ」

「隙あらばのろけやがるなお前は」

ストサンは呆《あき》れた目で俺を見るが、俺は事実を言っただけだ。

何も悪くない。

「口紅用のブラシはおまけしてやる」

「おお、助かるぜ。家具作りに使っているブラシじゃ怒られるだろうからな」

「そりゃぶん殴られるな、俺は命の恩人だ」

　ははははと笑う。

　昨日は過労状態だったストサンもすっかり元気になっていて安心した。

「それじゃあ俺はルーティと一緒にギルドの依頼をこなしてくるよ」

「おう、一体どんな依頼なんだ？」

「まだ聞いてなかったが、ここで話せる内容か？」

　俺はルーティにたずねた。

　ルーティはコクリとうなずく。

「話しても大丈夫な依頼。近くの村で騒音と異臭の被害が出ているから解決する」

「隣人トラブル？」

「うん、6年くらい前に引っ越してきた男の人の家。前から問題を起こしていたけど、最近とてもひどくなったらしい。私達で注意しにいく」

　思っていた冒険と随分違うな。

「これしか依頼が残ってなかった、今日のゾルタンはとても平和」

「それは良いことだな」

　ゾルタン最強の冒険者が隣人トラブルの解決に行くとは。

　あまりにも平和で思わず笑ってしまった。

「それってノースマーシュ村のデーヴィスさんか？」

「うん……ストームサンダーの友達？」

「いや、引っ越してきた時にうちで家具を買ったんだ。ゾルタン市内だと思って配達も請け負ったが、配達先が城壁の外のノースマーシュ村でえらい目にあった」

ノースマーシュ村はサウスマーシュ区と沼を挟んだ反対側。

大きな家具を運ぶのは大変な距離だ。

「そりゃ大変だったな」

「おうよ、住んでる所が分かってから、俺がそこは配達範囲外だって言っても全然聞きやしない。仕方ないから配達料ふっかけたんだがそれでも運べと言われてな、とんでもない頑固者だった」

なるほど、自分の決めたルールに固執するタイプだな。

「陰気だが妙に興奮しやすいヤツだった。金払いは良かったが、俺は友達にはなれねぇな」

ストトサンはそう言って肩をすくめた。

デーヴィスか……なんだか嫌な予感がするな。

＊　　＊　　＊

ノースマーシュ村。

「やっぱり私は天才だぁ！　この力で私を追放した王宮に復讐《ふくしゅう》してやるのだぁぁ！」

家の外まで聞こえる甲高い声。

「こいつはもう駄目だ」

俺は思わず声に出してそう言った。

薄い壁を貫通して聞こえる声。

家の外に乱雑に積み上げられたゴミから漂う薬品の臭い。

注射針や毒々しい色の薬の入ったバケツが外に放置してあるのは、薬屋の端くれとしてとても不快だ。

「きっと悪いやつだ、やっつけよう」

「お兄ちゃん、決めつけるのは良くない」

ルーティは冷静な顔で玄関へと歩いていった。

「駄目だと思うけどなぁ」

俺も後ろからついていく。

「まず話をする。きっと隣人との付き合い方を知らないだけ」

「……うーん」

ルーティは扉をノックした。

「誰だぁ！」

さっきは甲高い声だったが、今度は獣が唸《うな》るような低い声だ。

別人……ではなさそうだが。

「私は冒険者。騒音と異臭で苦情が来ている。夜中に大声を出すのをやめて、ゴミの出し方もルールを守って欲しい」

「苦情だと⁉　偉大なる錬金術師であるこの私の時間を奪うなど万死に値するぞ！」

「ここを開けて欲しい、直接話がしたい」

「止めろ、扉を開けると必ず後悔することになる！」

制止も聞かず、ルーティは扉を開けようとしてガチャガチャ音を立てた。

「無駄だ、私の開発した絶堅牢無敵黒鍵《ぜっけんろうむてきブラックキー》の掛かった扉を開けることは誰にもできん。お前は命拾いした、この天才に感謝するといい！」

バン‼　と金属が弾ける音がした。

「開いた」

「なにィ⁉」

ルーティは躊躇《ちゅうちょ》なく扉を開く。

俺は一応剣の柄に手を置いた。

果たして何が出てくるか。

「みーたーなー！」

「デーモン⁉」

現れたのは山羊《やぎ》の頭をした身長3メートルほどの怪物。

デーモンによく似ているが、こんな種族は見たことがない。

「驚いているな、だがこの姿こそが人間の進化した姿。魔王軍に勝利するためには、我々も悪魔になる他ないのだ。それを理解せず、私を追放したアヴァロニア王宮のやつらめ……私のこの姿を見ても嘲笑できるか試してやる！」

「ちょっと声が大きい、近所迷惑になる」

「お前も私の言うことを無視した罪をその血で償うのだ！　超黒無敵魔人化秘薬《ちょうこくむてきまじんかエリクサー》の力を思い知れ‼」

デーモンとなった男は玄関に立てかけてあった斧《おの》を手にすると、ルーティへと振り下ろした。

「ルーティ‼」

だが斧はルーティの肌に触れる前に止まる。

「へ？」

デーヴィスは山羊の目を丸くし、間の抜けた人間の声を漏らした。

ルーティは斧から身を守るのに剣を使わなかった。

防具はもちろん、それどころか手のひらすら使っていない。

左手の人差し指と中指で挟むだけ。

たった2本の指で、デーモンの筋力で振り下ろされた斧を止めていた。

「刃物を振り回したら怪我をする」

ルーティは咎《とが》めるようにそう言った。

「く、このぉ……ふんぬー！」

デーヴィスは両手で斧を持ち、顔を真っ赤にして踏ん張り斧を取り返そうとするがルーティの指に挟まれた斧はびくともしない。

「没収」

ルーティは2本の指だけでデーヴィスの体ごと斧を持ち上げた。

そしてデーヴィスの体をそのまま頭上でぐるぐるとぶん回す。

「ひぇぇぇ」

情けない声を上げて、デーヴィスは家の奥へと吹き飛んだ。

デーヴィスは目を丸くしたまま起き上がる、そして。

「……すみませんでした」

正座して謝罪していた。

＊　＊　＊

「忙しい時に周りのことが後回しになる気持ちは分かる、でも隣人付き合いは大切」

「はい」

ルーティがお説教をしている。

言っていることはもっともだが、女の子の前に身長3メートルにもなる山羊頭の怪物が正座してうなだれているのは中々非現実的でシュールな光景だ。

「これからは気をつけて欲しい、ここに薬のプロがいるからゴミの捨て方も教えてもらって」

ルーティは俺を指して言った。

「よろしくお願いします」

丁寧に挨拶された。

加護的にはあっちの方が本職なのだろうが、ゴミの捨て方を加護は教えてくれないからな。

「分かればいい、一件落着」

「いやちょっと待ってくれ」

もっと話さなければいけないことがたくさんあるだろう。

だがルーティは首を傾《かし》げている。

可愛《かわい》い。

とにかくここからは俺が話を引き継ぐことにした。

「ええっと、あんたはデーヴィスで間違いないんだよな？　その姿は一体どうした？」

「はい、私はたしかに『錬金術師』デーヴィスです。６年前にアヴァロニア王国で研究者をやっていたのですが、魔王軍の侵攻が始まり超黒無敵魔人化秘薬《ちょうこくむてきまじんかエリクサー》の研究を提案したところ追放されたんです」

「あー、その姿は超なんたら秘薬の効果なのか」

「超黒無敵魔人化秘薬《ちょうこくむてきまじんかエリクサー》を飲めば悪魔の力が手に入ります。これがあれば魔王軍のデーモンと同等の力を得られるんです」

「ほぉー」

「ただし適合率は10％で、飲んだ人間の９割は死にます」

「よくそんな危険な薬を飲めたな！」

さっきは９割死んでいた状況だったのか。

「ご迷惑をおかけしてすみませんでした。追放されゾルタンに流れてきて早６年、ついに薬が完成したのでテンション上がっちゃって。でもこれから研究成果である超黒無敵魔《ちょうこくむてきま》人化《じんか》秘薬《エリクサー》を王宮に報告しに行きますので、もう迷惑はおかけしません」

「……その薬を報告したら縛り首になるんじゃないか？」

「ふふふ、私の計算によれば今頃魔王軍は王宮に迫っている頃ですので、私の超《ちょう》黒《こく》無《む》敵《てき》魔人化《まじんか》秘薬《エリクサー》に頼るしかない状況です」

デーヴィスは山羊の顔のままニヤニヤと笑っている。

その姿はあまりにも哀《かな》しい。

「言いにくいんだが」

「はい？」

「魔王軍との戦争はこの間終わったよ、人類連合軍が勝利して魔王軍は壊滅した」

「……マジ？」

「マジ」

「私の6年の研究成果である超《ちょう》黒《こく》無《む》敵《てき》魔人化《まじんか》秘薬《エリクサー》は？」

「平和な時代にはいらないんじゃないかな」

まぁ、戦争中でも9割死ぬ薬は採用されないと思うが。

デーヴィスはしょんぼりしてしまった。

どうしよう。

「大丈夫」

ルーティがデーヴィスの肩に手を置いて言った。

「あなたは力があるから農業をやればいい」

「は？」

「私も薬草農園を経営している。農作業において力が強いことはとっても有利」

「こ、この姿で畑を耕すんですか!?」

「うん、ピッタリだと思う」

ルーティは微表情のままビシッと親指を立てた。

「…………」

デーヴィスはじっと自分の毛むくじゃらになった腕を眺め。

「耕すか、畑」

と呟《つぶや》いていた。

なんというか……面白い冒険だったな！

＊　　＊　　＊

2日後。

ゾルタン共和国の国境に近い村。夜。

ゾルタンに向かう行商人や旅人が宿泊する村で、ここから半日歩けばゾルタンの町まで到着する位置にある。

街道のちょうどいい位置にあり、他の町なら宿場街として栄えても良さそうだが、行き先がゾルタンしかないとなると村が宿で生計を立てられるほどの客は見込めない。

なので、宿は1つだけ。

普段は数名の行商人とロバがいるだけの宿だが、今日は20人ほどの客で賑《にぎ》わっている。

客室は当然足りず、ホールに毛布を敷いて寝るような状況だが客達の顔に不満は見られない。

皆、故郷を目前にして喜びに満ちていた。

彼らは魔王軍との戦争に参加したゾルタンの義勇兵達。

椅子が足りないからと床に座り、安いエールやリンゴ酒を飲みながら騒いでいる。

宿の主人も彼らの騒ぎを咎めることをせず、気前よくお酒や食事を振る舞っていた。

燭台《しょくだい》の火が弱くなったのを見て、店主は蠟燭《ろうそく》を取り替えようと立ち上がる。

その時、店の扉が開き風が吹き込んできた。

蠟燭の火が揺れる。

「いらっしゃい。すまないが、見ての通り今日は混雑してってね」

店主はそう言って新しい客へ視線を向けた。

剣を腰に差し、旅用の軽い鎧《よろい》を着た兵士。額に残る矢傷の跡が目立つ男だった。

「ハーモン！　ハーモン・パールマンじゃないか!!」

義勇兵達が駆け寄る。

「生きてたのか！　良かったなぁ！」

ハーモンは肩や背中を叩《たた》かれながら室内へと連れて行かれ、目の前にエールの入ったジョッキを置かれた。

「あんたも義勇兵なんだろ？　よく帰ってきた、一杯目は奢《おご》りだ」

店主はそう言って笑いかけ、それから蠟燭を交換しにいった。

ハーモンはエールに視線を落とした後、ジョッキを掴み一気に飲み干した。

「男っぷりも上がったじゃないか！」

笑いと拍手が起こった。

ハーモンは懐から銀貨を取り出すとカウンターに置き、樽《たる》から二杯目のエールを注いだ。

「それにしても一体どこから湧いて出てきたんだ？　街道は1本しかないのに、ここまで誰とも会ってないなんて」

話しかけた男が店内を見渡す。

誰もハーモンを見たものはいない。

「空を飛んで来たんだ」

ハーモンはニヤリと笑ってそう言った。

タラスクンが飛空艇を使って近くまで送り届けてくれたなどと言っても信じてもらえないだろう。

ハーモン自身すら、空を飛ぶ船があるなんて今も信じられないほどだ。

「おいおい、実は化けて出たとか言うんじゃないぞ」

「明日になったら1人足りないってな」

「洒落になってねぇよ！」

ガハハと笑いが起こる。

宿は生きていることへの喜びで満ちていた。

その中でハーモンは浮かない顔を見せている。

「どうした？　そういえばハーモンと一緒に戦場に行ったやつらは……」

「死んじゃったよ、ゾルタンに戻ったら家族に伝えに行かないとな……それが怖いんだ」

「そうか……怖いよな」

宿にしんみりとした空気が流れた。

ハーモンがタラスクン達と寄り道を続けていたのは、自分だけが生き残ってゾルタンに帰るのが怖かったから……そういう気持ちも少なからずあった。

ハーモンが先代勇者の墓を出た後、即席パーティーを解散する前に朝食を取ることになった。

その時にハーモンは、自分の身の上を話したのだ。先代勇者という英雄の墓を探索した感傷からだろう。

自分には勇気がなく故郷と親友の死から逃げている……4人の英雄達に情けない感情をさらけ出した。

4人の口から出た言葉は……励ましだった。

「君が勇気ある者だということを我々は知っている」

タラスクンはハーモンの両肩を摑《つか》んで力強く言った。

ビュウイ、ヤランドララ、バーバ・ヤーガもうなずいていた。

英雄達はハーモンの弱音を否定することをせずじっと黙って聞いてくれた。

アドバイスを求めれば、真剣に考えてくれた。

そしてヤランドララの提案で、勇者の墓から持ち出した物のうち勇者が使っていたコンパスをハーモンに渡すことになった。

「何の魔力もこもっていないコンパスだけど、このコンパスが勇者の旅を導いた。だから、あなたがこれから帰る道を迷わず導いてくれると思うの」

ヤランドララからそう言って手渡されたずっしり重い年代物のコンパスを見ていると、ハーモンは勇気が湧き上がっていく気がした。

あの英雄達は、自分なんかを〝勇気ある者〟だと言ってくれた。

酒はほどほどにしておこう、明日にはゾルタンにたどり着く。

彼らが信じたハーモンならきっとお酒には逃げないはずだから。

だから自分もそうあろうと、ハーモンは決めていた。

＊　　＊　　＊

翌日。

ゾルタンの城門。

朝一番、国境から走竜を駆けさせ義勇兵の帰郷を知らせてくれた兵士のおかげでゾルタン城門には人が集まっていた。

「横断幕間に合ったぞー!!」

そう叫んでいるのは冒険者ギルドの幹部ガラティン。

ガラティンの後ろで横断幕の反対側を支えて走っているのが俺だ。

「人影が見えたぞー！　急げー!!」

見張り台に登っている衛兵隊長のモーエンが叫んだ。

「レッド君、作業は迅速にだ！」

「了解!!」

俺とガラティンは同じ速度で横断幕を広げ、城門近くの木に駆け上がる。

横断幕の端を素早く木に結びつける。

弛《たる》まないようガラティンとアイコンタクトを交わして調整するのも忘れない。

「パーフェクトだ！」

下で見ていたトーネド市長が両手の親指を立てた。

俺とガラティンも同じように応じる。

〝おかえりなさい〟というシンプルな言葉。

その横断幕には優しさと嬉《うれ》しさが込められていた。

「「おお――!!」」

地上にいる人達の目にも歩いていくる人影達が見えたようだ、歓声が起こった。

「見えた！　カミュがいる！　私の息子がいるよ!!」

「エミリアー！　良かった！　本当に良かった！」

「兄さん!!　兄さーん!!!」

こちらの歓声が届いたのか、遠くを歩く義勇兵達からも歓声が上がり走り出した。

感動の再会だ。

俺はそっと後ろの方へ移動する。

俺は義勇兵に知り合いはいない。

それでも、この再会の場を彩る手助けができたことは嬉しい。

兵士とその家族が、涙を流し抱き合っている姿を見ると戦争が終わったのだと実感する。

「ハーモン」

コットンさんが1人の兵士を見て言葉を発した。

額に矢傷のある男は驚いた表情を見せたが、目をそらさずにコットンさんを見つめている。

男はコットンさんと夫のロンズディルさんの下へゆっくりと近寄った。

「あ、頭の傷はどうしたんだい？」

「戦場で敵の矢が……大怪我でしたが幸い味方が側にいて助かりました」

「そう、良かった」

2人は少しの間、押し黙る。

次の言葉を恐れるように。

「ハーモン……トマスは一緒じゃないの？」

男は布に包まれた何かを渡した。

コットンさんは震える手で布を解く。

中に入っていたのは、一房の髪と銀の指輪。

「トマス兄貴は4年前に死にました」

「あ、あああ……」

崩れ落ちたコットンさんを、ロンズディルさんが支える……彼の顔も涙でクシャクシャになっていた。

トマス・パールマンが2人の子供の名前だ。

ハーモンはトマスを慕っていた従兄弟だという。

「すみません、お、俺だけ……」

「ありがとう」

「あ、え……」

「伝えてくれてありがとう、生きていてくれてありがとう」

「お、俺は何も」

2人がハーモンの体を抱きしめた。

「私達の息子を連れて帰ってきてくれてありがとう」

その言葉を聞いて、ハーモンは歯を食いしばる。だがギュッと閉じた目から涙が溢《あふ》れていた。

気がつけば誰もが泣いていた。

俺は少し離れた所からその様子を見ている。

帰郷したのは喜びも悲しみも……それでも、これ以上悲劇が増えることはなくなった。
戦争は終わったのだから。

第五章　癒えない傷口

「レッドさん、お疲れ様でした」

「メグリアさんもお疲れ様、それじゃあ俺は帰るよ」

冒険者ギルドを出た俺は太陽の眩《まぶ》しさに目を細めた。

今日はいい天気だ。

あの後、俺はガラティンらゾルタンの有力者と収穫祭に出店する関係者と一緒に冒険者ギルドで収穫祭の打ち合わせを行った。

収穫祭に帰郷した義勇兵達の無事を祝い、戦死した者を追悼するという意味を追加するためだ。

祭りは2日後。

時間は無いが、できる範囲で祝いたいというのが主催である冒険者ギルドの意向だ。

何よりガラティン、モーエンの両名が強く希望している。

それに彼らのために何かしたいというのは皆がそうだ。

「スケジュールの変更がかなりあるな。勲章の授与式、戦死者の追悼式、子供達との交流会と贈り物の贈呈式、祭りの出店で利用できる無料券、俺は関係なかった屋台の配置も少し変わると……対応は結構大変だぞ」

だが話し合いは、できないではなくどうすればできるのかを皆で考えていた。

彼らの優しさを見れば俺だって協力しないわけにはいかないよな。

「人員誘導と会場警備か、騎士見習いだった頃を思い出すな」

昼のイベントは俺もボランティアとして手伝うことになった。

ゾルタン教会のトップであるシエン司教が自ら交流会に出る者の指導をするというのだから、動ける人員はすべて使うということなのだろう。

リットやルーティをイベントに出すという案もあったが、2人がゾルタンに来たのは義勇兵達が旅立った後だ。知らない冒険者に祝われてもあまり喜ばれないだろうと俺が指摘したことでボツになった。

「そうだ、せっかく北区まで来たんだしルーティの薬草農園にも寄っていくか」

後で渡そうと思っていた種を持っていくのにちょうどいい。

俺は少し遠回りしてルーティの薬草農園に向かう。

秋晴れの下、収穫中の小麦畑を横目に歩いていく。

やがて薬草農園が見えてきたところで……。

「何か揉《も》めているな」

ルーティに向かって女性が強めの口調で何かを言っている。

あの女性は……さっき見た義勇兵の1人だ。

「頼むよ、赤犬草《あかいぬぐさ》を売ってくれよ。あれがないと辛いんだ」

「駄目、赤犬草は麻酔用で一般販売はしていない。特にタバコにするのは絶対に駄目」

「戦場じゃ吸わせてくれたよ、あれをパイプに詰めて1本吸うとよく眠れるんだ」

「駄目」

ルーティはきっぱり断っているが、女性は必死に食い下がっている。

「あ、レッドさん」

作業をしていたティセが俺に気がつき声をかけた。

頭の上にいるうげうげさんも困った様子でゆらゆらしている。

「おはようティセ、何か揉めているみたいだな」

「はい、戦場で使っていた薬に依存してしまっているようです。でも赤犬草をそういう目的で配布するなんて可哀想《かわいそう》です、もっとマシな精神安定剤はあるのに」

「物資不足で重要性の低い部隊には良い薬が行き渡らなかったんだろうな」

精鋭部隊と、悪く言えば寄せ集めの部隊では補給の優先度が違う。

全員に物資が行き渡らないのなら、誰に渡すのが最も効果的なのか考える。

兵士の命に優先順位をつけるようで良い気持ちはしないが、戦争はどこまでもリアリストなのだ。

「薬草を売るわけにはいかないのですが、言葉で納得してもらうのは難しそうです」

「そうだな……よし、俺が受け持つか」

「レッドさんが？」

「もともとそのために来たようなもんだからな」

「どういうことです？」

首を傾《かし》げているティセを安心させるために笑って、俺はルーティのところへ向かう。

「お兄ちゃん」

「お疲れ様ルーティ、俺が変わるよ」

俺はルーティの前に立って女性と向き合う。

「あんたこの子のお兄さんかい？　あんたからも頼んでくれよ、戦場で苦しんだ哀れな兵士を助けると思ってさ」

「赤犬草のタバコは依存性も毒性も高い、使い続けると内臓がボロボロになるぞ」

「そんなことは分かってるんだよ！　だけど私は今不安で不安で死にそうなんだ！」

「ルーティ」

俺は持ってきた種を3粒渡す。

「これを握り潰してくれ」

「分かった」

本当は実をすり潰して薬を作るのだが、ルーティの力なら種でもエキスが抽出できる。

「一体何をやっているんだよ」

俺はルーティの手を取り、イライラしている女性の顔の前へ近づけた。

ルーティが拳を開くと、爽やかな香りが広がった。

「……あれ、不安が軽くなった？」

女性は呆然《ぼうぜん》とした表情でルーティの手を見つめている。

「今のは依存性のない精神安定剤だ。こうして匂いを嗅ぐことで落ち着かせる効果がある。即効性で効果の高さは体感してもらえたと思う」

「あんた一体」

「俺は薬屋なんだ、戦場で受けた心の傷を治療する薬も用意している。今日ここに来たのも、精神安定剤の原料となる種をルーティに渡して育ててもらうつもりでね」

「なるほど、任して」

ルーティは自分の胸に手を当てうなずいた。

今のルーティの薬草農園なら問題なく育てられるだろう。

「そういうわけだから、戦場での心の傷の相談なら俺の店に来て欲しい。できる限り力になるよ」

「は、はは、ありがとう……妹さんには迷惑をかけちゃったね」

不安が解消され、我に返ったのだろう。

自分の行動を自覚し、落ち込んでいるようだ。

「情けないよね、平和な故郷に戻ってきたというのに戦場の不安と恐怖が消えないんだよ。荷物ばかり運んで、何の活躍もしていないのに……哀れな雑兵さ」

女性はそう自嘲した。

「哀れなんかじゃない」

俺ははっきりそう言い返す。

「あなたは顔も知らない他人のために自分の意志で戦った。それはとても勇気がいることだ、俺は心から敬意を表する。ありがとう」

「……そう言ってくれる人がいるのなら、私は自分の選択を後悔しないで済みそうだね」

ぎこちない笑みを浮かべ、女性は帰っていった。

＊　　＊　　＊

戦場で受けた心の傷の痛みは俺も知っている。

旅をしていた時、俺はいつからか剣が手の届く距離にないと不安で苦しくなるように変わってしまっていた。

寝る時すら、剣が近くにないと一睡もできない。

どんなに疲れていても、頭が眠って良い状況だと納得してくれないのだ。

ゾルタンに来た当初の俺が常に剣を持っていたのはそのためだ。

心の傷が癒えたのは『賢者』アレスとアスラのシサンダンとの戦いの後。

リットと一緒になれたことと、ルーティが『勇者』の加護から解放され俺の旅が無駄じゃないと分かったことで、ようやく俺は剣を手放すことができた。

「そんな俺だからできることもあるはずだ」

ゾルタンに心の傷を診察できる医者はほとんどいない。

そして従軍経験のある医者もほとんどいない。

おそらくゾルタンの医者の大半は兵士の心の傷を理解できないし、効果的な治療も分からないだろう。

幸いにして俺は知識も経験もある。

兵士達のために、俺ができることをしたい。

「私は」

ルーティがぽつりと呟《つぶや》いた。

「戦っていた時は恐怖という感情が分からなかった」

「〝恐怖への完全耐性〟があったからな」

「そんな私の背中を追って、たくさんの兵士達が戦った……私はあの人達の苦しみを何も分かってあげられなかったのに」

『勇者』は普通の人間とは違う。

それなのに『勇者』は人々と共に戦い勇気を与える存在として作られている。

この矛盾をデミス神はどう考えているのだろうか？

『勇者』のスキルを制限できるようになったルーティは、こうして兵士達の苦悩を理解できるようになった。

これこそが成長ではないのだろうか。

*　*　*

夕方。

ハーモンは6年ぶりに家族と一緒に夕食を食べた。

お互いに埋めたい時間はたくさんあるはずなのに、会話はギクシャクし沈黙している時間が多かった。

(変わったのは俺だな……)

会話が続かない原因はハーモンの価値観の変化だ。

平和なゾルタンで暮らしてきた両親と、6年間戦場にいたハーモンとでは価値観が遠くなりすぎてしまった。

ハーモンは自分の部屋に戻る。

18歳の自分が暮らしていた部屋を眺め、その子供っぽさに苦笑する。

それからハーモンは、ようやく旅装を外した。

明日からは軽くて着心地の良い普段着を着ることになる。

そう認識すると、心の中から不安が湧き上がってきた。

(戦いのない日常が思い出せない)

窓を見れば羽の生えたデーモンが部屋の中に侵入しようとしている。

テーブルを立てて封鎖し時間を稼がなければ。

玄関にも槍《やり》を持ったデーモン達が押し寄せている。

この家では防げない、どうしてこんな無防備な家で休むことにしたんだ。

後悔が溢《あふ》れてくる。

ハーモンは仲間の兵士と合流するため剣を手に部屋を飛び出そうと……。

そこで我に返った。

「はぁはぁ」

何もない。

ただの平和なゾルタンの部屋だ。

吹き出した汗が床に落ちた。酷《ひど》く不快な汗をかいている。

ハーモンは自分の手に剣が握られていることに気がついた。

「そうか、俺やっぱり壊れてたのか」

ハーモンは剣を手放し、その手で自分の顔を覆った。

戦場を共に生き抜いたその剣をよく見れば、刃こぼれしヒビも入っていた。

＊　＊　＊

翌日。

レッド&リット薬草店。朝。

明日は収穫祭だ。

俺とリットは店を開ける前に、今日の予定について確認していた。

「私は朝のうちに診療所3箇所回って配達してくるね」

「ありがとう、店の方には冒険者ギルドと闘技場の人が傷薬や消毒薬を取りに来るけど、そちらは俺が対応しておくよ」

「祭りのトラブル用の薬ね、今月の帳簿が楽しみ！」

「ああ、売上はかなり良さそうだな」

「あ、そうだ、今日は薬草クッキーを買いに来る人も多いかも」

「クッキーを？」

「うん、明日の祭りで景品とかおまけとかに使いたいって言ってた人がいたから」

「なるほど、足りなくなりそうなら店番しながら追加で焼いておくか」

「ふふ、レッドのクッキー評判いいものね」

「今日の営業は昼までにして、午後からは店を閉めて屋台の設営に行こう」

「りょーかい！」

俺とリットはハイタッチを交わす。

今日も楽しく頑張ろう。

＊　＊　＊

祭りではしゃぐと怪我をする。

そんなことは子供でも分かっている道理だが、それでもはしゃいでしまうのが祭りというものだ。

そのため事前に薬を買い足しておくというお客さんも多い。

店内はいつもより多くの客で賑《にぎ》わっていた。

「こいつを３日分くれ！」

そして今のゴンズのように二日酔いの薬もよく売れる。

「って、３日も酔う気なのか」

「今回は皆が帰ってきたお祝いでいつもより盛大に祝うんだろ？　だったら俺も盛大に飲まないとな！」

「いつも限界一杯まで飲んでるだろ」

「いいかレッド、男には限界を超えなけりゃならない日がやってくる。俺にとってそれが明日ってだけだ」

「それは超える必要のない限界だぞ」

「そして限界を超えた翌日は仕事なんてできないから休む。今回の祭りはめでたいから翌日が休みとなれば、そりゃ飲まなきゃ失礼ってもんだ」

「はぁ」

「で、次の日も二日酔い、仕事はできないから休み、祭りの余韻に浸ってもう一杯」

「なんてやつだ」

ゴンズは本当にダメな男だ。

ちょうど大きな仕事が終わってスケジュールが空いているタイミングだとは聞いていたが……。

ナオには途中でお酒と水をすり替えてしまえと伝えておこう。

どうせ酔っ払いすぎて分からないだろう。

「お兄ちゃん」

ゴンズと馬鹿な話をしていると、ルーティが店にやってきた。

「いらっしゃい」

ルーティは大きな鞄《かばん》を背負っている。

「何が入っているんだ？」

「薬草」

店にいる客の視線を集めながら、ルーティは背負っていた鞄を降ろした。

中を見てみると……。

「これは昨日話した薬草じゃないか！」

昨日育てるよう種を渡した薬草だ。

他にも睡眠薬や心の傷の治療に使う薬の原料となる薬草がたくさん入っていた。

「昨日の夜に山に行って薬草を集めてきた」

「山に行ってたのか」

「うん、薬草を育てるのには時間がかかる。薬を必要としている人がいるのに足りないということは避けたい」

「それでこんなに集めてくれたんだな、ありがとう！」

これだけあれば安心だ。

俺はルーティの頭を撫でて、またお礼を言った。

「店の方が一段落したら確認するよ、奥で待っててくれるか？」

「うん」

「それじゃあ妹が待っている間に飲むお茶を用意してくるから、皆はここで待っててくれ」

「客も待たせるのかよ！」

店の中に笑い声が響いた。

怒っている人は１人もいない。

これがゾルタンの日常、平和な時間が流れていく。


カラン。

ドアベルが鳴った。

「いらっしゃい」

入ってきたのは昨日ルーティの薬草農園で会った女性だ。

「昨日はどうも」

女性はちょっと恥ずかしそうに挨拶をしてくれた。

「相談に乗ってもらおうと思って……」

「ああ、もちろんいいよ。ちょうど薬を作るための薬草が届いたんだ、いつ来ても薬が無いなんてことにはならないから安心してくれ」

「そいつは頼もしいね」

「妹が山で採取して届けてくれたんだ」

「へぇ！」

「自慢の妹なんだ」

女性は目を細めて笑った。

昨日のような苦しさと卑屈さが淀《よど》んでいた目とは違う、明るい目だ。

「さて来てくれたってことは、奥で話を聞くよ」

「でも忙しそうだね、また後にしようか？」

女性は遠慮がちに言った。

「大丈夫、大丈夫、店は俺達が見ておくからよ」

「俺達は常連だからな、レッドのやることなんて全部分かっているよ」

そう言い出したのはゴンズ達店の客。

「おいおい、簡単に言ってくれるな。扱っているのは薬だぞ」

「俺達だってレッドの薬を1年以上愛用してるんだぞ」

客達は自信満々な様子でそう言っているが。

「ルーティ、悪いけど店番を頼んでいいか？」

「うん、任せて」

「なんだよー」

ブーイングが上がるが気にしない。

「なんだかゾルタンに帰ってきたって気がしてきたよ」

女性の声は少し震えていた。

客達は生きて帰ってきてくれた同胞を優しい目で見ていた。

「あ、そうだ、私の友達も調子が悪いみたいなんだ、一緒に相談してもいいかい？」

「友達？」

「ほら、いつまでも店の外にいないで入ってきなよ」

女性は一度店の外に出て、すぐに男の腕を引っ張って連れてきた。

額に矢傷のある男で、鎧《よろい》下に着る分厚い布地の服を身に着けている。

立ち姿は左右のバランスが少し悪い。

日常的に剣を腰に身に着けていたからだろう。

コットンさん達と抱き合っていた男だ……たしかハーモンという名前だったはずだ。

「いらっしゃい」

俺は笑って迎え入れる。

ハーモンはゆっくりと店内を見渡し、俺とルーティを見て目を大きく見開いた。

「あ、あ……」

その目を見て、俺は彼が何を言うのか理解できた。

もう止めることはできない、いつかこういう時が訪れるのだろうと覚悟はしていた。

ハーモンは口をゆっくり開き叫ぶ。

「勇者ルーティ様と騎士ギデオン様！　人類希望の双翼がどうしてゾルタンにいらっしゃるんですか!!」

店の外まで聞こえるほどの声で、ハーモンは俺達の名を言ったのだった。

店の空気は凍りついていた。

「え、え」

ゴンズが俺の顔とハーモンの顔を交互に見ながら絶句している。

「……はは、人違いじゃないか？　俺は薬屋のレッドだよ」

「見間違うわけがない！　あなた達は俺の命の恩人なんです!!」

ゾルタン人には他人の隠したがっている過去を詮索しないという文化がある。

だがハーモンはゾルタンを離れて戦場にいた。

戦場は極限の場所だ、心を保ち生き残るために肩を並べる兵士達と価値観を等しくすることも必要だ。

ハーモンには重要なことを曖昧なまま知らないフリをするということはできないのだろう。

「お兄ちゃん」

ルーティと視線が合った。

その赤い瞳には不安もあったが、同時に決意もあった。

世界のために戦った兵士に嘘《うそ》をつきたくないと、ルーティは言っていた。

そうだな、その通りだ。

「皆、少しだけ話をしたいから、このまま店にいてくれるか」

「お、おう」

ゴンズ達は緊張した表情でうなずいてくれた。

「ありがとう」

俺はお礼を言ってから、一呼吸だけ息を整える。

「……俺の本当の名はギデオン・ラグナソン。そして妹はルーティ・ラグナソン」

「⁉」

「元バハムート騎士団副団長でパーティーの一員だった騎士ギデオンだ」

「そして私は」

ルーティが静かな口調で言葉を続ける。

「かつて勇者と呼ばれ魔王軍と戦っていた……私は『勇者』ルーティ」

ついに俺達は、自分の正体をこのゾルタンで明かしたのだった。

＊　　＊　　＊

「そ、そうか、道理であんなに強いわけだ」

ゴンズは混乱と納得の入り混じった様子で何度もうなずいている。

「にしてもルーティ・ルールって、偽名がずいぶん無防備じゃないか？」

「ルーティは珍しい名前じゃないのもあるが、ずっと大切にしてきた名前だったんだ」

「はは、やっぱりレッドは妹想《おも》いだな」

ゴンズはぎこちない笑みを浮かべた。

それからしばらく誰も口を開かなかった。

だが。

「あの！」

ハーモンの目が真っ直《ま す》ぐにルーティを見ている。

躊躇《ちゅうちょ》しながら、ハーモンは当然の質問を口にした。

「なぜ『勇者』が魔王軍と戦わずゾルタンにいたんですか？」

どう答えるべきか。

適当な理由を言って納得させることは簡単だ、だが……。

ルーティの目を見て、俺は口を挟むべき問答ではないと理解する。

これは元勇者ルーティの乗り越えるべきものなのだろう。

「私が戦ったのは『勇者』の加護に強制されたから、私の意思ではなかった」

「……え」

「ごめんなさい、でもこれが『勇者』ルーティなの。本物の勇者はヴァンやエスカラータ、サリウス王子のような自分の意志で戦う勇気ある者達のことだと私は思う」

「でも俺の前に立って戦ってくれたのはあなた達だ、俺達はあなたの背中を追って戦ったんだ」

こうしてあの戦場にいた兵士と向き合うのはルーティにとって初めてのことだろう。

ルーティは何を言うべきか迷っている様子で黙っていた。

「俺達兵士は弱いけれど、少しでも勇者の力になりたいと戦ったんだ……！　俺の勇気はあなたから与えられたのに、これは偽物だったんですか⁉」

「違う、偽物なんかじゃない！」

ルーティは必死に叫ぶ。

「俺はもう分からない……」

「待って！」

背を向けたハーモンにルーティは叫んだ。

だが、ハーモンは振り返ることなく店を飛び出した。

「ハーモン‼」

ハーモンを店に連れてきた女性は途方に暮れた様子で肩を落とす。

「私はほとんど後方の部隊にいたから勇者の戦いは知らないんだ……でもあいつはずっと前線にいたんだよ。半年も戦えば皆後方の部隊に転属してたのにさ」

「ああ、知っている……兵士の士気を維持するためのマニュアル作成は俺も参加したからな」

「ギデオンさんがそうしてくれたのかい、おかげで皆致命的には壊れずに済んだ……でもハーモンはそうじゃなかった」

魔王軍との開戦当時、まだ勇者のパーティーとしてではなくバハムート騎士団の騎士として戦っていた俺は、この戦争がこれまでにない過酷な長期戦になることを予想していた。

だから兵士達の損耗を抑えるために、死から距離を置くことを徹底した。

加護が『戦士』や『歩兵』なら大丈夫という者もいたが、その場合でも加護の衝動に従うことしかできなくなり、本人の判断力が鈍くなるというケースがあったからだ。

そのため、連合軍の指揮官に渡される部隊運用マニュアルには、前線と後方の兵士達は常に少しずつ入れ替え続けるよう書いたのだ。

しかし、ハーモンの指揮官はそうしなかったようだ。

「お兄ちゃん、ごめん」

「ルーティ……」

「あの人のために伝えないといけないことがあるのに、私はどう伝えればいいのか分からない。でも、あの人には今私達の言葉が必要だと思う」

「ああ、こっちのことは任せていいか？」

「うん……お願い」

ルーティを安心させるため、俺は少し笑ってうなずいた。

「分かった」

だけどルーティに背を向け扉を開けた俺に余裕はなかった。

戦いを止めた俺に、戦い続けて傷ついた兵士へ掛ける言葉はあるのだろうか……。

それに俺とルーティの正体もバレてしまった。

戦争が終わり、収穫祭を明日に控え兵士達の帰郷に盛り上がるゾルタンなのに……

俺達の日常《スローライフ》のため過去に決着をつける時が来たということなのか。

俺の心の中に不安が湧き上がっていた。

*　　*　　*

ゾルタン下町にある公園。

その中にある林の陰にハーモンは座り込んでいた。

「ハーモンさん、で良かったよな」

俺はうつむくハーモンに声をかける。

途中で追いつくこともできたが、ハーモンが足を止めて息が整うまで待つことにした。

「ギデオン様……」

「ここではただの薬屋のレッドだよハーモンさん、それに様もいらない……俺の方が年下だろ？」

「え」

「俺は22歳だ、ハーモンさんは今年で24歳と聞いたよ」

ハーモンは驚いた顔をしていた。

「そんなに若かったんですね」

「俺とルーティと一緒に戦ったっていう戦場は？」

「アヴァロニア王都西の関所です」

「なるほど、なら当時の俺は18歳でルーティは15歳だな」

「15歳……」

「すまない……でもあの時、加護の衝動で世界を背負わなければならなかった妹のことを俺がどう思っていたのか分かって欲しい」

「はい……」

自分が戦わなければ皆死ぬ。

自分が負ければ皆死ぬ。

そんな重い運命を、ただの少女に背負わせるのが加護だ。

俺はハーモンの隣に座った。

「俺が戦っていたのも大切な妹を守るためだった。いつか旅立つ勇者の加護《うんめい》を持った妹のために、俺は騎士になって力をつけようとした」

「そうだったんですか……でも俺達は……」

「……納得できないよな。あの時俺達は、勇者は世界のために戦っている、だから一緒に戦おうと言うしか無かった。それでも兵士の命を捨てさせるような作戦は立てなかったつもりだ」

「兵士の士気を上げるためだと分かっているつもりです」

「ありがとう……だけど無理はしなくていい」

「……すみません、頭では分かっているはずなんですが、どうしても心が納得できなくて」

「戦場なら、ここで俺の心にもないことを言ってハーモンさんを納得させることもできたよ」

「今兵士を納得させなければ明日死ぬのが戦場ですものね」

「だがここはゾルタンで、俺は下町の薬屋レッドだ。ハーモンさんもこれからはゾルタンで暮らすんだろう？」

「はい……あ、いや……」

「どうした？」

ハーモンは何かを思い出した様子で一瞬表情を変えたがすぐに首を横に振った。

「いえ、なんでも。これからは家族と一緒に暮らすつもりです、しばらく休んだら親戚のおじさんが経営している石材所で働かせてもらえないか聞いてみようかと」

「ロンズディル・パールマンさんのお店だな」

「ご存知《ぞんじ》なんですか？」

「そりゃもちろん、俺はこの下町で暮らし始めて2年以上経《た》っているんだぞ。この間なんか、下町の母親達と一緒にロンズディルさんの屋敷で料理の研究をしたんだ」

「ええっ⁉　ギデオン様がですか⁉」

「ルーティも一緒だった」

ハーモンが目を見開いているのを見て俺は笑った。

「平和に暮らしているんだ……ハーモンさん達が戦ってくれたおかげだ」

「俺はただの兵士で、勝敗を決めるような活躍は何も……」

「軍の背骨は歩兵達なんだ、指揮官だったからよく知っている」

ハーモンはようやく少しだけ笑った。

「これからゾルタンで暮らすのなら、話をすることもたくさんあるだろう。俺もルーティもこれからハーモンさんと大切な話も他愛《たわい》のない話もたくさんしたいと思っている」

「俺なんかとですか？」

「同じゾルタンで暮らす下町仲間なんだから世間話もするさ……嘘《うそ》で言いくるめたりせず、ハーモンさんが納得するまで何度でも時間をかけて話をしたい」

俺の言葉に、ハーモンはゆっくりとうなずいた。

ようやく肩の力が抜けたようだった。

「それはそれとして」

「え？」

俺は空気を変えるように明るく言った。

「本来の目的も果たさないとな」

「本来の目的……？」

「薬の相談に来たんだろ？」

「あ、そうでした」

ハーモンはすっかり忘れていたようで苦笑した。

「辛いことも話してもらうかもしれないから、店に戻って話をしようか」

「はい……よろしくお願いします」

俺とハーモンは立ち上がり歩き出した。

「ハーモンさんの悩みが戦場で受けた心の傷なら、きっと力になれると思う」

「ギデオン様はすごいですね、俺は自分のことさえどうにもできないのに」

「違う違う」

俺は明るく否定する。

「俺も1年くらい前まで、剣が手の届く距離にないと一睡もできなかったんだ」

「ギデオン様が……？」

「どんなに安全な場所でもこのゾルタンの町中だって、俺はいつも剣を腰に佩《は》いていた。

そうしないと不安で辛かったんだ」

「…………」

「同じなんだ、俺も」

「ギデオン様は治ったんですよね？」

「1年以上かかったよ」

「そんなに……」

「俺はこのゾルタンでこれからもずっと暮らしていくつもりだ……だから病気については頼ってくれ。他にも傷ついた義勇兵がいたら俺の店のことを伝えて欲しい」

「はい……でもいいんですか？　俺以外にもギデオン様達の顔を見た人がいるかもしれませんよ」

「同じゾルタンの住民だ、覚悟は決めたよ……それに力になりたいんだ」

俺はゾルタンの薬屋レッドとしてできることをしたい。

今までもこれからも変わらない。

*　　　*　　　*

「そんなことがあったんだね……」

俺とルーティは配達から戻ってきたリットと一緒に昼食を食べながら、今朝あったことを話していた。

「店に残った人達は大丈夫だったの？」

「うん、納得してくれたし黙っててくれるって」

ルーティはそこで少しだけ目を伏せた。

「私がしっかりしないといけなかったのに、私の方が皆に励まされた」

「うちの常連さんは良い人ばかりだね」

リットは優しく笑った。

あの後、ルーティは店にいた人に説明しようとしたようだが……。

『秘密にしていたことなんだろう？　だったら説明しなくていい。大変だったんだろうな、でもよくゾルタンに来てくれたねぇ、ありがとう。ハーモンのこともきっとなんとかなるさ』

そう言われて、女性の義勇兵……エヴァという名前だそうだ、彼女にゾルタンでのルーティと俺について話してくれた。

エヴァも納得してくれた様子で、さらに今ルーティがゾルタンの冒険者として町を守っていると聞きとても喜んでいたらしい。

「でもちゃんと話をしたい」

ルーティは真剣な表情で決意を口にした。

「あの時、私は自分のことで精一杯で見えていないものがたくさんあった……今は違う」

「そうだな」

ルーティは成長している。

『勇者』の時は感じなかった痛みも、今のルーティは感じている。

それを乗り越えようとする意思を勇気と呼ぶのだろう。

「それはともかく」

解決すべき問題はあるが、同時に日常の仕事も残っている。

「明日の収穫祭に向けて屋台の設営しないと！」

「そうだった」

リットの言葉に、ルーティはハッとした様子で瞬《まばた》きをした。

「ティセを農園に待たせたままだった」

「そういえば薬草を届けに来てくれたんだったな」

「お兄ちゃん、リット、私はティセのところに戻る、あとは現地集合で」

「「了解」」

俺とリットは笑って答えた。

いつもの調子が戻ってきた気がした。

＊　　＊　　＊

屋台の組み立てといっても、俺の屋台は机を並べてテーブルクロスを敷き、テントで屋根を作って看板を取り付けるだけだ。

看板はリットが手配してくれた。

ペンキで描かれた薬の瓶と銅の剣とショーテル。

レッド&リット薬草店の文字も可愛《かわい》く跳ねるような文体だ。

店に掛かっている看板とは随分雰囲気が違うが、祭りの雰囲気には合っていると思う。

さすがリットだ。

「俺とリットはこれで終わりだが……」

葉牡丹《はぼたん》はフランクと一緒に作業をしているが、今は手裏剣体験コーナーの調整をしているようだ。

フランクが手裏剣を投げている所だ……意外と下手くそだな。

「な、投げ斧《おの》なら百発百中なんですぜ？」

「ほぉ」

「そういうレッドさんもやってみてくださいよ」

「いいだろう」

「おお！　レッド殿も挑戦してくださるのですか！」

俺はフランクから手裏剣を受け取る。

十字の形をした投げナイフという扱い方でいいのだろうか？

「持ち方はこうです」

「なるほど」

葉牡丹に教えてもらった通りに握ると、５枚連続で一気に投げる。

「全部真ん中、さすがレッド殿すごいです……！」

葉牡丹はパチパチと拍手をしてくれた。

〝投擲《とうてき》〟スキルはコモンスキルだけで完成する希少なスキルだ。

弓やクロスボウは固有スキルがないと限界があるため、俺は遠くにいる相手に対して投げ槍《ジャベリン》や落ちている武器を〝投擲〟する戦いをしていた。

慣れない武器であっても２メートル以下の距離の目標なら針の穴だって通してみせる。

「私も！」

リットもやってきた。

葉牡丹は的から外した手裏剣をリットに渡す。

「スローイングナイフを愛用している私もすごいわよ」

「ほぉー」

リットは手裏剣を構える。

「あ、構え方が違います！」

葉牡丹が指摘するが、リットはそのまま投げた。

「むむ!?」

的には命中したが、狙いは中心から右上に逸《そ》れている。

「あはは、惜しいな」

「大丈夫です、命中なので景品は出ます！」

「でも悔しい！」

リットは葉牡丹のアドバイスを受けて握り方や構えを修正して、残りを慎重に投げた。

3枚目の手裏剣から正確に当てられるようになったようだ。

「リットでも初投がズレるのなら距離はこんなもんで良さそうだな」

「でも、筋力を強化するスキル持ちが思いっきり投げて外したら、後ろの板を貫通しそうね」

リットは5枚目の手裏剣をじっくり眺めながら言った。

ここは北区の大通りで屋台の向こうは住宅だ。

葉牡丹は大きな板を並べて投げた手裏剣が住宅へ飛んでいかないようにしているが、加

護の強さによっては貫通するかもしれない。

「うーん、でもどうしたらいいのでしょう？」

「よし、このリットちゃんが力を貸しましょう！」

リットは最後の手裏剣を的の真ん中に当てると、両手で印を組んだ。

「土の精霊よ、その巨躯《きょく》立ち上がりて護《まも》りとなれ、アースウォール！」

「おおっ！」

リットの精霊魔法によって、分厚い土の壁が板の後ろに現れる。

「これなら大丈夫でしょ？」

「ありがとうございます！」

葉牡丹の屋台はこれで完成だな。

あとはルーティの屋台だが。

「煙の排出に問題がある」

「うーん、ちゃんとしたのを借りたつもりだったのですが」

ルーティとティセは屋台の天井に充満する煙を見て頭を悩ませているようだった。

「料理するならキッチンカーを借りた方が良いかと思ったが、ハズレを引いたなぁ」

俺も視界が悪くなるほど充満している煙を見て言った。

天井には煙の抜ける穴が1つあるのだが設計が悪いようだな。

「こうなったら」

ルーティはキリッとした表情になり両腕を広げた。

「『勇者』の加護、解放」

ルーティの体から凄《すさ》まじい圧力が発せられた。

そして、ルーティは腕をぐるぐると回し始める。

「武技：日常大旋風《スローライフだいせんぷう》！」

「うわっ!?」

強力な風が巻き起こり、天井に溜《た》まっていた煙は霧散した。

だが爆発的な風によって俺とリットはよろめき、フランクはひっくり返り、ティセとうげうげさんは的から吹き飛んだ手裏剣を慌ててキャッチしていた。

風が止まり、ルーティはキリッとした目で俺を見た。

「今のは禁止だ！」

「残念」

俺にそう言われてルーティはシュンとしてしまった。

「これは炭を替えた方がいいな」

「炭ですか？」

ティセが、手裏剣を葉牡丹に渡しながら言った。

無事全部キャッチできたようだ、さすがティセとうげうげさんだ。

「この煙は屋台自体の問題だな。多分、ティセ達がキッチン付きの屋台を借りた時には、もう性能の良い屋台は借りられていたんだ」

「私もそう思います、値段はしっかり相場通り取ったのに……！」

ティセの目が怒りに燃えている。

これは祭りが終わったら大変だぞ。

「というわけで屋台をどうにかして煙対策するのは難しいだろう。だから値段は高くなるが煙がほとんど出ない炭に替えるのが一番現実的だと思う」

「なるほど……それしかなさそうですね」

ティセはうなずいた。

「ルーティ様、私は炭を買ってきます」

「あ、それなら私も行くわ」

「リットさんも？」

「ロガーヴィア公国は豊富で良質な薪《まき》で知られた国なのよ？　私も炭については専門家に近いといっても過言ではないわ！」

リットは自信満々にドヤ顔をしている。

「そういうことだからレッド、ちょっと行ってくるわね」

「ああ、気をつけてな」

リットとティセとうげうげさんは買い物に行った。

作業も一段落したし、俺は屋台の椅子に座る。

「お疲れ様ですレッド殿」

葉牡丹とフランクが俺の隣に座った。

ルーティは看板の角度が気になるようで、自分の屋台の前で首を傾《かし》げている。

はは、ルーティも祭りの準備を楽しんでいるな。

「葉牡丹はどうだ？　収穫祭の準備を楽しめているか？」

「はい！　仲間と力を合わせ、お客をどうやって喜ばせるか、考えることは多くそれが楽しいです！」

「良かった、虎姫は来ないのか？」

「祭りには来るそうですよ、店が落ち着いた頃に一緒に祭りを回ります！」

葉牡丹は目をキラキラさせながら言った。

親と一緒に遊べることを心待ちにしている子供の目だ、微笑《ほほえ》ましい。

「レッドさんも大変だったみたいですね」

フランクが言った。

「正体がバレるだなんて、せっかくのスローライフが台無しになるかもしれないじゃないですか」

多分ちゃんと心配しているっぽいのだが、ニヤニヤ笑うのは人間形態の癖みたいなものだろうか。

「こんなことなら義勇兵がゾルタンに来る前に追い払っておけば良かったんじゃないですか？」

「やっぱりデーモンだなぁ」

人間の中で暮らすことはできても善悪の価値観はやはり違う。

それでもお互いに妥協点を見つけ、適度な距離で付き合える。

別に2つの種族が手を取り合えるとは思っていない。

だが、葉牡丹が王位を取り戻した頃には、国家としてお互いに存在することを許し合うくらいの関係にはなって欲しいと願っている。

「そういえば葉牡丹やフランクも俺達に正体がバレた経験をしているのか」

「はい！　とてもビックリしました！」

「俺も森で見つけられた時には生きた心地がしませんでしたね」

葉牡丹は元気よく、フランクはブルッと体を震わせて言った。

「でも恩人であるレッドさん達に嘘《うそ》をつき続けるのはとても辛かったので、安心したという気持ちの方が強かったです」

「俺も勇者にバレたら殺されると思ってたので、ここ数日はぐっすり眠れていますよ！」

「フランク殿は前から夜はぐっすりですよ？」

「そうでしたっけ？」

俺達はアハハと笑っていた。

そうだな、たしかに俺もこれからどうなるか不安であると同時に、堪えていたものが解放されたような感情もある。

今の葉牡丹やフランクのように上手《うま》くいくかもしれない、そうなるように頑張ろう。

そう思えたのだった。

そこに。

「ずっと聞きたかったんだけど」

いつの間にか目の前にルーティが立っていて笑っているフランクを見ていた。

「葉牡丹の隣にいるその人誰？」

フランクの表情が凍る。

「レッドさん、まさか……？」

「あ、そういえばルーティに何も説明していなかった」

「ぎええええええ!?!?!?」

フランクは悲鳴を上げて椅子から転げ落ちた。

「ブルブル、俺は悪いデーモンじゃないです……」

「悪いデーモンは皆そういうこと言う」

「たしかに」

「ひぃ！」

「なるほど」

フランクは頭を抱えて震えている。

とても会話できそうにないので、俺と葉牡丹が代わりにルーティへ説明した。

ルーティは目の前で土下座しているフランクを見下ろす。

「く、靴とか舐《な》めましょうか？」

「……敵対行為？」

「じょ、冗談です」

ルーティは眉をひそめている。

そりゃ靴は舐められたくないよな。

「よく分からないけど私はもう勇者じゃない。あなたが葉牡丹と友達だというのなら、私の友達の友達」

「お、おお」

「だから傷つけたりはしない、安心して欲しい」

「よ、良かったぁ……！」

フランクはハァァとため息を吐いた。

今夜こそぐっすり眠れることだろう。

*　　*　　*

夜。

レッド&リット薬草店。

屋台の設営は無事終わり、ルーティ達はそれぞれ自分の家に帰っていった。

明日は祭りで色々食べる予定だから、今日の夕食は簡単にスープとパンだけで済ませた。

そして今は2人でお風呂に入ってまったりしているところだ。

「ふぅぅ」

ゴンズの作ってくれたお風呂はとても良い。

1年経《た》ってもお風呂に入る時の満ち足りた気持ちが薄れることはない。

良いスローライフには良いお風呂が必須なのだと、俺は常々思っている。

「不安？」

リットが言った。

すっとリットの指が俺の胸に触れ、リットは体を寄り添わせる。

「ああ、正直に言えば不安だ」

俺はリットの体を抱きしめる。

リットの体温を感じていると、不安が安らいでいく気がする。

「私も不安かな、だからこうしたくなっちゃった」

リットも俺の体をギュッと抱きしめる。

背中に回された腕から伝わる力が愛《いと》おしい。

「魔王軍と戦っていたことも、今では思い出になりつつある」

「そうね、あんなに苦しかった戦いなのに痛みが遠くなった気がする」

人間の脳は優秀だ。

記憶は残しても、細部を曖昧にして思い出に変えてしまう。

帰ってきた兵士達もそうであって欲しい。

「明日のことは明日悩もうよ」

「そうだな、今この瞬間の幸せを諦めない。それが俺達のスローライフだったな」

俺はリットの首筋にキスをして、お湯に身を委ねた。

幸せな夜が過ぎていく。

明日は収穫祭……この秋の思い出を作る日だ。

第六章　今日は楽しい収穫祭

翌日。

収穫祭当日。

祭りは早朝から始まる。

「はい、どうぞ」

北区の広場に集まった収穫祭の関係者達に温かいスープが振る舞われる。

これが早朝最初のメニュー、ゾルタンスープ会だ。

各農家が収穫した野菜を少しずつ持ち寄り、それをスープにして振る舞うというイベント。

祭りを楽しむ客側では参加できない、関係者だけの楽しみだ。

「美味《おい》しい！」

「ああ、それに温まるな」

俺とリットはそう言い合いながらスープを口に運ぶ。

スープの中のゴロゴロとした芋を頬張って、その熱さに2人してハフハフと変な顔をしながら耐える。

そんなお互いの顔に堪えきれなくなって笑う。

この楽しい気持ちはきっと忘れない。

スープ会が終わると、早速屋台が開かれる。

同じ収穫祭でも客層は朝、昼、夜で異なる。もちろんすべての時間を回るお祭り好きもいるが。

朝に回る客はゾルタン周辺の村からやってきた農家の人が多い。

食べ物と商売道具や日用品を売る屋台が需要あるようだ。

レッド&リット薬草店の屋台にも、蛇や虫の毒に効く薬を求めるお客が来て結構売れた。

「でも今のところ薬のボトルについての感想はなしと」

リットはちょっと残念そうだ。

とはいえ、これは予想していた通り。

このボトルは普段からゾルタンで薬を買う人じゃないと、いつもと違うことが分からない。

それが分かっていたから俺は朝に売れそうな農家向けの薬はいつもの小瓶や紙袋に入れたものを用意していた。

本番は午後からだ。

隣のルーティと葉牡丹《はぼたん》の屋台はというと。

「絶好調」

「全然来ないです……」

両手を上げて喜んでいるルーティと、両手を下げて落ち込んでいる葉牡丹。

まぁこれも予想通り。

朝の客層は朝食を求める人も多い。

そしてせっかくの祭りなら少し変わった物を食べたいと思うもので、その需要にルーティの薬草料理はピッタリだ。

薬草を使って燻製《くんせい》にした食材を使った料理は次々に売れた。

午前中だけのサービスとして、普通のスープもおまけとして提供していることも大きなプラスだろう。

あのスープは昨日のうちに俺が仕込んだものだが、好評なようで嬉《うれ》しい。

「葉牡丹の屋台は遊びをメインにしている層が来てからだよ」

「うぅ」

ゾルタンの外の農家は、葉牡丹が東方からやってきた忍者でこの屋台が本物の東方忍者グッズを売る店だと知らない人がほとんどだろう。

実用品を求めている客にとって、本物かどうかも分からない道具を売っている屋台は足を止めづらいのだ。

「っと、そろそろ会場警備の時間か」

義勇兵達を祝う式典が開催される時刻だ。

俺も客の誘導と会場警備を頼まれていた。

俺は銅の剣を腰に佩《は》く。

「行ってくるよ、店のことは頼む」

「了解！　レッド、気をつけてね」

「喧嘩《けんか》に巻き込まれて殴られないようにしないとな」

「ふふ、レッドの顔に当てられる人なんていないでしょ」

そう言いながら淀《よど》みない動作でリットは俺に近寄り、頬に軽いキスをした。

「私以外にね」

「スキルまで使って」

「ふふ、レッドにこれができるのは私くらいだもの」

リットはニヒヒと笑って俺を送り出した。

……うん、やる気が溢《あふ》れてくるな！

＊　　＊　　＊

北区の広場。

仮設ステージには、20人余りの義勇兵達が椅子に座っている。

全員正装だ。

慣れていない様子の者も多く、時折着心地悪そうに身じろぎをしていた。

椅子は1つ余っている、欠席している者もいるようだな。

強制参加ではない式典だが、たしか欠席しているのは中央区に住む貴族の子息だったはずだ。

親の顔を立てる意味でも参加しそうなものだが？

「恐るべき魔王軍と戦い抜いたその活躍、ゾルタンの歴史書に刻まれ永遠に語り継がれることでしょう。皆さんがこのゾルタンで育った若かりし頃、私達は……」

冒険者ギルド長ハロルドは話が長いことで有名だ。

来年の春にはギルド長を退き、ガラティンに代替わりするとのことで今回の式典は張り切っているようだ。

椅子に座るガラティンは目をつぶってしかめっ面をしている。

ガラティンは要点が分かりやすいように話すからこういう挨拶も短い。

慣例重視で保守的なハロルドから現場をよく知る実務的なガラティンに変わる来年は、冒険者ギルドも色々改革されるかもしれない。

年功序列のゾルタンは、たまに来る優秀な代がルールを改革し、次に来る普通の代で凡人にも運用できるようにバランスを取る。

無駄なルールは山ほどあっても、何だかんだ建国からここまで大きな問題も起こっていないのがゾルタンだ。


「…………」


長時間話を聞いている義勇兵達だが……大半は穏やかな表情をしていた。

ギルド長の長話も故郷に帰ってきたことを実感する思い出なのだろう。

中には何度もうなずいている者もいて、〝ちゃんと話を聞いてみたら意外と良いことを言ってるんだな〟という顔をしている。

無駄な長話なのに、なんだか平和を実感する式典となっていた。

式典は昼過ぎまで続いた。

客も増える頃で、広場の外はごった返しているだろう。

リットやルーティ達は無事にお客をさばけているだろうか？

俺がいない間だけでも、タンタかアデミにバイトを頼んでも良かったかもしれないな。

そんなことを考えているうちに、子供達の歌と花束の贈呈を終え式典もようやく終わろうとしていた……その時。

「きゃあああ!!」

女性の悲鳴が聞こえた、広場の外からだ。

どうする？

この会場で何か起こるとは考えにくいとはいえ、俺は警備の依頼を受けてここにいる。

持ち場を離れないのが役割だが……。

「あっ!!」

だが、誰よりも早く動いた者がいた。

「ハーモンさん！」

ハーモンはステージから飛び降り、武器も持たずに駆け出していた。

追いかけなければ、彼に何かあったら後悔してもしきれない。

彼はこれからゾルタンで暮らす人々と同じように幸せになるべきなんだ！

＊　　＊　　＊

北区広場に近く、逃げる人の方向からどこで騒動が起こっているのかは分かった。

ハーモンにとってもそうだろう。

ハーモンは立ち止まることなく人々の波を掻《か》き分け、悲鳴の下へと向かっている。

「レッド君！」

後ろでガラティンが叫んだ。

「何が起こっている⁉」

「分からない、ガラティンさんは会場にいる冒険者達を使って混乱している人々を落ち着かせて欲しい！　俺はハーモンさんを追いかける！」

「分かった、こっちは任せろ！」

人を掻き分けるよりは……！

俺は屋台の天井に飛び乗る。

「お、おい！」

「悪い！　傷つけないよう気をつけるから！」

そう叫びながら屋台の上を走って追いかける。

高さがあるから元凶はすぐ見えた。

「あれは今日欠席していた義勇兵！」

貴族の服を着崩した義勇兵の男がいる。

左手に強い酒の入った瓶を持ち、右手には抜身のサーベルをだらりと持ち、そしてその右手で若い女性の体を捕まえている。

「ひぃぃ」

胸の前で揺れるサーベルに女性は悲鳴を上げている。

「何だ、俺とは付き合えねぇってか」

「わ、私には夫がいるんです……！」

「嘘《うそ》をつくな!!」

男は恐ろしい剣幕《けんまく》で叫ぶといきなり笑いだし、左手の酒を飲みだした。

情緒不安定、何が起こってもおかしくない！

「お前も！　お前らも！　父上と母上と同じだ！」

男はサーベルの切っ先を遠くで見ている人達に向ける。

「俺のことを馬鹿にしてるんだろ！　誰のおかげでヘラヘラと笑っていられるんだ！　俺がこんなザマになったのは誰のせいだと思っているんだ！」

「やめろ!!」

男の前へとたどり着いたハーモンが叫んでいる。

錯乱した男がサーベルを持っているのに対し、ハーモンは丸腰だ。

まずい……！

＊　　＊　　＊

「やめろ!!」

ハーモンは叫んだ。

人を掻き分け、別の戦場で戦っていた名前も知らない戦友の前に立ちはだかる。

「よう、胸の勲章がよく似合っているぜ」

戦友が馬鹿にした表情で言った。

「あんたにも受け取る権利があったものだよ」

「そんなもんより俺は酒が欲しい」

「もうやめてくれ……俺達が戦ったのは、こうして皆がヘラヘラと平和に笑っていられる世界を守るためだったろ？　だからわざわざ自分から地獄に飛び込んだんだ」

「俺は後悔しているんだ」

戦友は女性を地面に突き飛ばし、サーベルの切っ先を突きつけた。

「ひぃ……」

「やめろ!!」

「なんで俺だけが不幸になっちまうんだ……平和な世界のために戦ったはずなのに、どうしてこんな……」

戦友は泣いていた。

泣きながらサーベルを振り回し、フラフラと歩く。

とても危険な状況だ。

「その人を解放しろ、酒の相手が欲しいなら俺が相手になるから」

「は、はは……怖くねぇのか？」

「………」

「あの戦場にいたのなら、剣を持った相手に丸腰でいる恐怖が分かるはずだろ、俺が殺そうと思ったらお前は死んじまうんだぞ」

「怖いさ、死の恐怖は誰よりも知っている……でも俺は丸腰じゃない」

「ナイフでも持っているのか？」

「いや」

ハーモンはポケットからコンパスを取り出した。

怪訝《けげん》な顔をしている戦友に、ハーモンは静かに告げる。

「勇気がここにある」

戦友は一瞬ポカンとした表情を見せた後、サーベルを振り上げながら絶叫した。

「お前まで俺を馬鹿にするのか!!」

襲ってくる哀れな戦友を前に、ハーモンは両腕を上げて構える。

両腕は犠牲にするしかない。

そして、戦友を罪もない女性を殺した惨めな犯罪者にしないために、死なず殺さず取り押さえなければならない。

ハーモンの覚悟へ、力任せに振り下ろされたサーベル。

だが痛みはやってこなかった。

「ギデオン様!!」

立ちふさがったのは黒髪の剣士。

銅の剣で打ち払われたサーベルが地面に落ちた。

「あ、あんたは!?」

驚愕《きょうがく》する戦友の顔に左の拳が叩《たた》き込まれた。

「ぐはっ!!」

戦友は吹き飛び地面に倒れた。

アルコールで痛みを忘れているのか立ち上がろうとするが、鼻から止めどなく血が流れてくることに驚き動きを止めた。

「人類希望の双翼とまで言われたあんたが……本当にゾルタンにいたのか」

「ああ、ここで2年以上暮らしている」

レッドは剣を納めながら、戦友の側まで歩き見下ろす。

「鼻の骨折だな、止血が必要だ。幸い俺は薬屋だ一緒に来い、今のお前に必要な薬を全部用意してやる」

戦友は鼻を押さえながら血走った目でレッドを睨《にら》み返した。

「あんたに俺を殴る権利があるのか！　戦いから逃げたあんたによ！」

「ある！」

レッドは膝を突き戦友と視線を合わせた。

戦友はレッドの胸ぐらを摑《つか》んだ。

鼻から血を流しながら鬼気迫る形相でレッドを睨んでいる……ハーモンが間に入るべきか悩んだほどの殺気だった。

だがレッドは優しく戦友の手に触れると、目をそらさず言葉を続けた。

「ゾルタンで平和に暮らすレッドとして、世界のために戦ってくれた君を救う権利が俺にはある」

「ふざけ……」

「この場にいる誰よりも傷ついているのが君だ、自分のやっていることに一番苦しんでいる」

「……畜生、こんなはずじゃ……無かったんだ……」

レッドの胸ぐらを摑んだまま、戦友は弱々しい声で泣いた。

世界のために戦い抜いた戦友の哀《かな》しい姿にハーモンは天を仰いだ。

(そうか……)

ハーモンは空を見ながら思いを馳《は》せる。

ギデオン様やルーティ様がゾルタンにいるのはきっと運命なんだろう。

義勇兵として戦って壊れてしまった俺達への救いという運命。

加護を作ったデミス神の用意したものとは違う、もっと概念的な人の意思の先にある運命が、俺達とギデオン様達を引き合わせたのだと、ハーモンは信じた。

先代勇者のコンパスを握りしめ、ハーモンは何か分からない運命に対して感謝の祈りを捧《ささ》げていた。

「生きてて良かった」

ハーモンはそう言って、やっと心から声を上げて笑えたのだった。

*　*　*

怪我をした義勇兵を治療し、体と心の傷に効果のある薬をそれぞれ渡した。

今後は定期的に店に来て相談をしてくれるそうだ。

アルコール依存症の薬も用意しないといけないな、ニューマン先生と協力してこれまでより多くの薬を用意しないと。

リットのところへ戻った時には14時を過ぎていた。予定より1時間も遅い。

「大変だったみたいだね」

「私も行けばよかった」

戻った時には、リットはすでに着替えを用意してくれていて、血で汚れた俺のシャツを交換してくれた。

ルーティとティセは昼食を食べていない俺のために料理を用意してくれた。

ルーティの店の燻製《くんせい》肉と薬草卵は好評なようで次々に注文が入っていた。

お客の相手をルーティに任せ、ティセとうげうげさんは裏で料理に大忙しだ。

葉牡丹の屋台も冒険者や子供連れを中心に大いに盛り上がっている。

あまりにお客が多すぎて、葉牡丹が用意した道具はすべて売り切れ、今は手裏剣体験屋台となっていた。

そして俺とリットの屋台はというと……。

「お洒落《しゃれ》な薬だねぇ」

「え、これ薬なの？　使い終わったら別のもの入れても大丈夫？」

「ストームサンダーさんこういうのも作れるんだな！」

こちらも好評！

最初に陳列した薬はすべて売り切り、新しい薬を並べたそうだ。

この調子でいけば夕方には在庫まで全部売り切ってしまうだろう。

「皆、足を止めて私達の屋台を見ていたんだよ！」

リットは嬉《うれ》しそうにそう言った。

もちろん、俺も嬉しい。

リットと一緒に頑張ったことが、こうして結果となることは最高の思い出になる。

「全部売り切れを目指して頑張ろう！」

「おー！」

「あ、でも……」

「どうしたの？」

俺は自分のやったことを思い返し、少し気持ちが沈んでしまった。

「いやさっきの騒動で、〝人類希望の双翼〟って思いっきり叫ばれちゃってさ。昨日のこともあるし、俺やルーティの正体について聞きに来る人も出るかもしれないなって」

「あー、なるほど」

リットは慰めるように俺の頭を撫《な》でた。

「レッドはやるべきことをやったんだもん、きっと大丈夫」

「そうかなぁ」

「それに何かあっても、私とレッドなら乗り越えられるよ！」

「……そうだな！」

リットの綺麗《きれい》な笑顔を見ていたら、悩みなんて吹き飛んでしまう。

リットと一緒なら俺はきっと無敵だ。

「私もいる」

「はい、私とうげうげさんも力になりますよ」

ルーティとティセも心強い仲間だ。

ティセの頭の上のうげうげさんも、キリッとした目でアピールしている。

「拙者もお役に立ちます！」

葉牡丹も胸を張って言ってくれた。

「俺もなんかとりあえず頑張りますぜ！」

フランクもそう言って……。

「いや、フランクとはそんな友情を確かめ合うみたいな関係じゃないだろ」

「流れ的に空気読んだ方がいいかと思って」

フランクは後頭部を掻《か》きながら笑う。

その仕草を見て、皆笑った。

皆のおかげで沈んだ気持ちもすっかり軽くなった。

昨日のうちに覚悟は決めたんだ、今更悩むことはない！

＊　＊　＊

と、意気込んだのだが……とても順調に収穫祭を楽しむことができていた。

夕方になり、ランプの明かりが綺麗に見える頃に俺の店はすべての薬を売り切った。

「完売御礼っと」

俺は屋台の前に看板をぶら下げた。

夜に来る客層に見せられなかったのは残念だが、夜は騒いで遊ぶことが目的の客が多くなるので、需要としては昼から夕方に掛けて売るのが一番だろう。

「にしても、俺やルーティの正体について触れる人が1人もいないとは」

「とても平和だった」

俺とルーティは薬草卵を食べながら安堵《あんど》しつつも首をひねる。

平和を願っていたが、ここまで何事もないと逆に不安になるものだ。

「何だ、もう売り切れてしまったのか」

「ほら言ったじゃないか、レッド達の作るものなんだから早く行かないと売り切れるって」

後ろから声がした。

「ガラティンさんに、ミストームさん！」

「久しぶりだね」

先代市長のミストームさんは気さくな顔で笑った。

前に会った時より少し老けた気がする。

「仕方ない、隣の薬草卵だけでも買わせてもらおうかね」

「薬草卵は売り切れていなくてよかった。うちの職員のメグリアがよほど気に入ったようで、冒険者ギルドの食事メニューでも置くようにするべきと直訴されてな」

「おお」

「可能なら今後、ギルドで定期的に薬草を買い取りたいのだが」

「大口顧客！」

ルーティは嬉しそうに言った。

声にも誰でも分かるくらいはっきりと感情が表現されている。

ミストームさんは「ほぉ」と感心したような声を漏らした。

「ゾルタンでの暮らしを楽しめているようで嬉しいよ」

「ああ、この町のおかげでルーティは日々成長している」

俺とミストームさんは優しい目で喜んでいるルーティを見ていた。

「それと、気を悪くしたらすまないのだが、立場上確認しておきたいことがある」

ガラティンが珍しく声を潜めて言った。

「君達が勇者とその兄というのは本当か？」

「……ああ、俺の本名はギデオン・ラグナソン。元勇者のパーティーの1人だ」

「私はルーティ・ラグナソン。元勇者だけど、今はゾルタンの薬草農家」

ガラティンはうなずいて言葉を続けた。

「なるほどな、今の一言で十分だ、過去を詮索するようなことをして悪かった。君達を守るには情報を知っていた方ができることも増える、理解して欲しい」

「いや当然の質問だと思うが……むしろ今日屋台を開いていて誰も俺達の正体について話題に出していなくて驚いているくらいだよ」

「何だ、バレちまったのか」

「ミストームは知っていたんだな」

「レオノールとの戦いで話が聞こえちまったもんでね」

ミストームさんは肩をすくめた。

「でも安心するといい、この私が証明さ」

「証明？」

俺とルーティは、ミストームさんの言ったことが分からず首を傾《かし》げる。

ガラティンはニヤリと笑った。

「我々はミストームの秘密を50年守ったのだぞ？」

ゾルタンは怠惰で平和な土地。

明日できることは今日やらないというのが国民性だ。

それは今日と同じ明日が来ると信じるという意思でもある。

俺やルーティとの今日が幸せならば、ゾルタンは今日と同じ明日が来るよう守ってくれる。

どうやら俺の不安は必要のないものだったようだ。

ゾルタンは良い町だ……。

*　*　*

北区の広場。

俺とリットとルーティは3人並んで楽しく騒がしい祭りの中を歩いている。

屋台は一段落し、今度は客として祭りを回る時間だ。

日はすでに落ちていた。吊《つ》るされたランプの明かりが暗くなった広場を照らしている。

普段はのどかな場所だが、今日の祭りの間はゾルタンの中心だ。

特に今年は、長く続いた魔王軍との戦争が終わり世界が平和になった直後の収穫祭。

祭りは大いに盛り上がっていた。

広場の中央にあったステージは片付けられている。

ステージを使った劇や踊りは夕方までで終わり、この時間は自由に使えるスペースが優先なのだ。

広場の北側には陽気な冒険者達がヴァイオリンとエルフの縦笛《エルヴンフルート》で音楽を奏で、祭りを楽しむ人々の気持ちを盛り上げていた。

「お兄ちゃん」

ルーティが立ち止まった。

視線の先にはカボチャのクリームをパン粉で包んで揚げたクロケット。

「揚げ物の屋台か」

「美味《おい》しそう」

「おっ、いらっしゃい。今話題のルーティさんとレッドさんじゃないか」

屋台に立っていた男がルーティを見て言った。

ルーティは少しだけ緊張した様子で肩をこわばらせる。

「揚げたてだよ」

だが男はそれ以上ルーティが勇者であったことに言及することはなかった。

「食べていくか？」

「……うん！」

俺の言葉にルーティはうなずく。

「おじさん、カボチャのクロケットを３つ」

「あいよ！」

揚げたてのクロケットはランプの光を受け小麦色に輝いている。

「いい匂い」

「すぐに食べたいけど、かじりついたら舌を火傷《やけど》しそうね」

ルーティとリットはクロケットを前に楽しそうに会話している。

俺はホカホカのクロケットにかぶりついた。

案の定、舌を火傷してしまったが……とても美味しかった。

俺達はクロケットを持ちながら、星空とランプと人と音楽の中を歩き続ける。

歩きながら……輪投げや的あてなどゲームを楽しむ。

玩具《おもちゃ》のような質のアクセサリーも買った。

クロケットを食べ終わると、リンゴ飴《あめ》やフルーツジュースも買った。

新鮮な秋の収穫物を使った料理の数々。

どれも簡単な屋台料理だが、とても美味しかった。

そして今は、丸いガラスの玩具を吹いている。

フラスコに近い形をしている笛だ。

ルーティが息を吹き込むと不思議な音がした。

「面白い」

ルーティは初めて見る玩具を面白がっている。

「移住して来た人が持ち込んだのか」

「うん、北の地方の玩具だって店主が言ってたよ」

ルーティはまた息を吹き込む。

ポウポウと音が鳴った。

「レッド」

リットが俺を呼んでいる。

その手には琥珀《こはく》色のお酒が入ったグラスが握られている。

いつの間にかお酒を買っていたのか。

隣の屋台は酒屋のものだ。

「今年のブランデーだって！」

「ほぉ」

「ルーティにはブドウジュースもあるわよ」

「うん、私はそっちがいい」

ルーティはお酒よりジュースの方が好きだ。

俺とルーティは屋台のカウンターに立ち、グラスに入った飲み物を受け取った。

「美味しい」

お酒を飲むとリットはホゥっと頬を赤くした。

その横顔に俺はドキリとしてしまう。

気恥ずかしくなって、俺は手元のお酒に視線を落とした。

ブドウのブランデー。

ルーティの飲んでいるブドウジュースを樽《たる》に入れて発酵させればワイン。

それを蒸留し、また樽に入れて熟成させたものがこのブランデー。

このお酒が、俺達がこのゾルタンに来るずっと前のブドウから作られたのだと思うと、ちょっと感慨深い。

「また変なこと考えてる」

リットが笑っている。

俺は照れると関係ないことに思考を巡らす癖があるようだ。

勇者の仲間として目の前の状況を解決することに集中していた頃は無かったはずなのだが……。

「そういうレッドらしさを抑え込まないといけなかったのが世界を救う旅だったんだね」

「そうだな、弱さを放置するなんて許されない旅だった」

俺はグラスを口に運び傾けた。

芳醇《ほうじゅん》な香りとかすかな甘さ、そして強い蒸留酒の味。

美味しいが祭りはまだ続くのに、飲みすぎると酔いが回りそうだ。

加護に毒耐性が全くない俺は酒に強くない。

「私は今のレッドが一番好きよ」

リットが俺の顔を見ながら言った。

すでに三杯目か。

俺と違ってリットの加護にはアルコールに強い耐性がある。

「レッドの強いところも弱いところも、全部が私の好きなレッドだもの」

リットはお酒でふらつくほど酔うことはないが、楽しい気持ちにはなっているようだ。

「私もお兄ちゃんの全部が好きだよ」

ルーティもそう言ってくれる。

俺も言葉を口にするため、グラスに残ったお酒を一気に飲み切った。

カウンターに置いたグラスが乾いた音を立てる。

「俺もリットの強さも弱さも、ルーティの強さも弱さも、すべて好きで大切に思っている……きっとそれが家族というものなんだろう」

ルーティは俺の手をギュッと握った。

リットは口を緩ませ嬉《うれ》しそうに笑っていた。

周りを見れば、ゾルタンに住む色んな人達が、それぞれの幸せを楽しんでいる。

俺とルーティの正体がバレてしまっても、このゾルタンで流れる日常に変化はなかった。

本当に良い町だ。

「タンタ達がいる」

ルーティが言った。

少し離れた所で、ゴンズ、タンタ、ナオ、ミドの4人がじゃがバターを食べていた。

皆笑顔だった。

家族で幸せに過ごすこと。

身近なものだが、それを守るために人は戦うのではないのだろうか。

ヤランドララが帰ってきたら……俺達も。

「リット、随分待たせてたけど……」

「分かってる、今の関係で過ごす秋は今年が最後だよね」

「そうだな」

来年の収穫祭、俺とリットは夫婦として参加することになるだろう。

今と似ていて今とは違う。

名残惜しくも夜は更け、今日の祭りは終わりに近づいていった。

エピローグ　次は結婚式にて

ゾルタンへ向かう帆船の客室。

ハイエルフのヤランドララは、自分でまとめた資料を読んでいた。

これを読むのは初めてではない、一字一句暗記するほど読み返し、頭の中で検討を続けていた。

「『賢者』リリスの残した知識、古代人の遺跡で得た知識……多分あとはレッドの持っている知識があれば、ルーティに宿った魔王の正体にたどり着ける」

だがそれをレッドに伝えるべきか、ヤランドララは悩んでいた。

もしヤランドララの得た知識が真実だとしたら、ルーティに宿った『シン』の成長に対してレッド達ができることはほとんどない。

できることは、ただ見守り、そしてルーティを信じることだけ。

対策できないことを警告する意味はあるのか……。

あと数日でヤランドララはゾルタンにたどり着く。

探索の時間は終わった、これからは決断の時間だ。

「とはいえ、何も起こらない可能性が一番高いと思うのよね」

ヤランドララは資料を閉じて呟《つぶや》いた。

資料をしまい、代わりに美しい彫像を取り出す。

バーバ・ヤーガの城から持ち出した永久氷晶のアーティファクト。

色々とんでもない効果があるが、ヤランドララにとって大切なのは……。

「これ紐《ひも》で吊るして回したら赤ちゃん喜びそうよね！」

これから結婚し子供を作るレッドとリットへのプレゼント。

決して壊れないアーティファクトは、子供の玩具にぴったりだろうとヤランドララは思って軽い気持ちでバーバ・ヤーガから譲り受けたのだ。

「迷っていても仕方ないもの、それよりも2人の結婚式！」

ヤランドララはそう言って窓の外を見た。

きれいな海が広がっている。

「楽しみだわ!!」

ヤランドララは楽観的なのだ。

＊　＊　＊

同時刻。

小型の飛空艇が空を飛んでいた。

タラスクンとビュウイが暗黒大陸から乗ってきた飛空艇。

ルーティの使った先代魔王の飛空艇より性能は劣るが、小型ゆえにスキルを持たないビュウイでも扱えるくらい操作性が良い。

30年前に偵察用として造船された飛空艇だ。

「勇者の遺品も集まりましたね」

ビュウイが言った。

タラスクンは鎧《よろい》兜《かぶと》を身に着け座っていた。

「残るは神・降魔の聖剣《セイクリッドアベンジャー》のみ」

タラスクンは両手の拳を握りしめた。

「世界を統一し、神へ挑む……まだ勇者《アスラ》の夢は終わっていない」

それから立ち上がり、はるか前方を指差す。

「目指すはゾルタン」

飛空艇は真《ま》っ直《す》ぐ進む。
空に障害物はないのだから。

あとがき

この本を手にとっていただきありがとうございます！　作者のざっぽんです。

季節は巡り、ゾルタンは短い秋の終わりにある収穫祭の時期。外の世界でも魔王軍との戦争が終わり、平和と復興の時代へと向かっています。

レッド達は秋の思い出を作るために祭りに出店側として参加する、というのがメインのストーリーですが、この物語のテーマの1つは「勇者を救う物語」です。

ルーティのように人類が最も苦しい時期に戦い反撃の機会を作った勇者でも、ヴァンのように反撃する人類の先頭に立ち希望として戦った勇者でもなく、志願兵として自分の意志で戦場に行って戦った兵士という勇者をレッド達が救う。戦うことも、平和に暮らすことも、どちらも肯定し幸せになって欲しいという気持ちを込めて書きました。

そして、レッドとリットにとって大きな節目も近づいてきています。ヤランドララが帰ってきたら結婚式を挙げるというレッドの言葉が果たされるのか。

次巻を楽しみにしていただけたら嬉《うれ》しいです。

本編の話もまだまだ語りたいのですが、もう1つ大事なことが。

この本が出る頃には「真の仲間」アニメ2期の放送が直前に迫っているはずです！

アニメは1期で監督だった星野《ほしの》さんが総監督に、1期で演出として参加され、あの素敵なエンディングも作ってくださった高藤《たかとう》さんが監督となって2期を作ってきました。どうすれば面白い2期を届けられるのか、シリーズ構成の清水《しみず》さんなども交え全員で相談し、一番良い形になったと思います。

私も放送開始が楽しみです、ぜひ一緒に楽しんでいただけたらと思います！

またPCゲームである、スロプリもついに完成版がリリースされました。Steamにてダウンロードできますので、こちらも楽しんでいただけたら！

池野《いけの》先生によるコミカライズも新刊が発売されています、小説4巻のクライマックスが迫力ある漫画で表現されていますのでぜひ！

今回も本が完成するまでにたくさんの方々のご協力がありました。この場を借りてお礼を言わせてください。

そして本は読者がいて初めて完成するものです、ありがとうございました！

２０２３年　一足先にアニメの曲を聴きながら　ざっぽん

イラスト担当のやすもです！
アニメ2期が始まりますので、よろしくお願いします！

真《しん》の仲間《なかま》じゃないと勇者《ゆうしゃ》のパーティーを追《お》い出《だ》されたので、辺境《へんきょう》でスローライフすることにしました13

著　ざっぽん

角川スニーカー文庫　23834

2024年1月1日　初版発行

発行者　山下直久

発　行　株式会社KADOKAWA
〒102-8177 東京都千代田区富士見2-13-3
電話　0570-002-301（ナビダイヤル）

印刷所　株式会社暁印刷

製本所　本間製本株式会社

Printed in Japan　ISBN 978-4-04-114179-3　C0193

★ご意見、ご感想をお送りください★
〒102-8177 東京都千代田区富士見 2-13-3
株式会社KADOKAWA　角川スニーカー文庫編集部気付
「ざっぽん」先生「やすも」先生